KB141424

인간 실격

인간 실격

다자이 오사무 | 이은정 옮김

더디

차례

서문 · 007

첫 번째 수기 · 011

두 번째 수기 · 028

세 번째 수기 · 078

후기 · 143

작품 해설 · 148

작가 연보 · 153

서문

나는 그 남자의 사진을 세 장 본 적이 있다.

첫 번째 사진은 그 남자의 유년 시절이라고 해야 할까. 열 살 전후로 추정되는 시절의 사진으로, 정원 연못가에서 품이 넓은 굵은 줄무늬 바지를 입고 선 채 많은 여자들에게 둘러싸여(아마도 그 남자의 누나들, 여동생들 그리고 사촌들이 아닐까 싶다) 목을 한 30도 정도 왼쪽으로 삐딱하게 기울이며 보기 흉하게 웃고 있는 사진이다. 보기 흉하다……. 하지만 미의식에 둔한 사람들(즉 외모의 아름답고 흉함에 별로 관심이 없는 사람들)이라면 무미건조한 표정으로, "귀여운 아드님이시군요"라고 적당히 입에 발린 인사치레를 해도 전혀 거짓말이라고 의심되지 않을 정도로, 이른바 일반적으로 말하는 '귀염성' 같은 것이 얼핏 보이기도 하는, 그러니까 어린아이 같은 웃음을 짓고 있지 않은 건 또 아닌, 그런 얼굴이다. 그러나 조금이나마 미의식에 민감한 사람이라면 한눈에, "세상에나. 아이가 인상이 좀 그러네"라며 몹시 불쾌한 듯 중얼거리며 송충이를 털어낼 때의 손놀림으로 사진을 던져버릴지도 모른다.

그 아이가 웃고 있는 모습은 자세히 보면 볼수록 왠지 모르게 불쾌하고 섬뜩한 무언가가 느껴진다. 근본적으로 웃는 얼굴이 아니다. 그 아이는 조금도 웃고 있지 않다. 그 증거로 그 아이는 두 주먹을 불끈 쥐고 서 있다. 사람은 주먹을 꽉 쥐면서 웃지 않는다. 원숭이다. 원숭이가 웃고 있다. 단지 얼굴에 보기 흉한 주름을 잡고 있을 뿐이다. "주름투성이 아이"라고 말하고 싶을 정도로 진짜 기묘하고 추잡스럽고 이상하게 사람을 화나게 만드는 표정을 짓고 있는 사진이다. 나는 지금껏 이렇게 이상한 표정을 짓는 아이는 본적이, 단 한 번도 없다.

두 번째 사진에서 그 남자는 깜짝 놀랄 정도로 많이 변해 있었다. 학생처럼 보였다. 고등학교 시절인지 아니면 대학 시절인지 확실치는 않지만 어쨌든 두려울 정도로 잘생겼다. 그러나 이 사진에서도 이상하게 살아 있는 인간의 느낌은 들지 않는다. 교복을 입고 있으며 가슴 포켓에는 흰 손수건이 살짝 보이고 등나무 의자에 다리를 꼬고 앉아서 웃고 있다. 이번 사진의 웃는 얼굴은 주름투성이 원숭이 같지는 않지만, 꽤 교묘한 미소가 인간의 웃음과는 어딘가 다르다. 피의 무게라고 해야 할까, 생명의 수수하면서도 깊은 맛이라고 해야 할까, 그런 충실감은 조금도 찾아볼 수 없다. 그야말로 새는 아니지만 깃털처럼 가볍고, 흰 종이 한 장 같은 그런 웃음을 띠고 있다. 즉 하나부터 열까지 다 만들어낸 것 같은 느낌이다. 척한다는 말로는 부족하다. 경박하다는 말로도 부족하다. 기생오라비 같다는 말로도 부족하다. 멋을 부리고 있다는 말로도 물론 부족하다. 게다가 잘 보면 이 잘생긴 학생에게서는 역시 왠지 모르게 괴담에서나 느껴지는 섬뜩함이 느껴진다. 나는 지금까지 이렇게 이상한 느낌의 아름다운 청년을 본 적이, 단 한 번도 없다.

마지막 사진이 가장 기묘하다. 더 이상 나이는 짐작할 수 없다. 머리에는 다소 백발이 섞여 있다. 아주 지저분한 방(방 벽이 세 곳 정도 무너져내린 모습이 사진에 확실하게 찍혀 있다)의 한 편에서 작은 화로에 양손을 쬐고 있다. 이번에는 웃고 있지 않다. 표정이 전혀 없다. 다시 말하면 화로 앞에서 양손을 쬐다가 자연스럽게 죽은 것 같은, 참으로 불길하고 꺼림칙한 냄새마저 풍기는 사진이다. 기묘한 것은 이뿐이 아니다. 사진에는 얼굴이 유난히 크게 찍혀 있어서 생김새를 자세히 살펴볼 수 있었다. 이마는 평범하고 이마의 주름도 평범하고 눈썹도 평범하고 귀도 입도 턱도. 그래, 이 얼굴에는 표정만 없는 게 아니라 인상도 없다. 특징이 없다. 예를 들어 내가 사진을 본 다음 눈을 감는다고 하자. 나는 이미 그 남자의 얼굴을 잊어버렸다. 방 벽, 작은 화로는 떠올릴 수 있지만 정작 방 주인의 얼굴 인상은 안갯속으로 사라져서 아무리 노력해도 아무것도 떠올릴 수 없다. 그림으로 그려지지 않는 얼굴이다. 만화로도 그 어떤 기법으로도 그릴 수 없는 얼굴이다. 눈을 뜬다. 앗, 이런 얼굴이었구나 하고 떠올렸다 한들 조금도 기쁘지 않다. 극단적으로 말하자면 눈을 떠서 사진을 다시 본들 기억이 나지 않는다. 단순히 불쾌하고 짜증나기 때문에 눈을 피하고 싶어진다.

'죽은 사람의 얼굴'이라 해도 이보다는 표정이 있고 인상이 있을 것이다. 인간의 몸에 짐을 실어 나르는 말의 목이라도 붙이면 이런 느낌이 나올까. 어쨌든 어디라고 꼭 집어 말할 수는 없지만 보는 이를 섬뜩하고 불쾌하게 만든다. 나는 물론, 지금까지 이렇게 불가사의한 느낌의 얼굴을 본 적이, 단 한 번도 없다.

첫 번째 수기

참으로 부끄러운 인생을 살아왔습니다.

저는 인간적인 삶이라는 것이 무엇인지 모릅니다. 저는 도호쿠 지방의 어느 시골 마을에서 태어났기 때문에 꽤 성장하고 나서야 기차라는 걸 처음 봤습니다. 저는 기차역 위를 가로지르는 브릿지*를 오르락내리락하며 흥분했습니다. 그것이 선로의 저편으로 넘어가기 위해 만든 것이라고는 꿈에도 모른 채 말입니다. 그저 기차역을 마치 외국의 놀이동산처럼 복잡한 구조로 재미를 주기 위해 멋으로 설치한 것이라고만 생각했습니다. 꽤 오랫동안 그렇게 믿고 있었습니다. 브릿지를 오르락내리락하는 것이 제게는 세련된

*   bridge, 육교.

유희의 일종이었으며, 철도 회사의 대고객 서비스 중에서 가장 마음에 들었습니다. 그런데 그것이 단지 승객들이 선로 너머로 건너갈 수 있도록 만든 실리적인 계단에 지나지 않는다는 사실을 알고서 그때까지의 모든 유희가 산산조각 나고 말았습니다.

또 저는 어릴 때 그림책에서 지하 철도라는 것을 보고, 이 또한 편리함을 추구하기 위해서가 아니라 지상의 기차보다 지하를 달리는 기차를 타는 편이 독특하고 재미있으니까 만든 것이라고 생각했습니다.

저는 어릴 때 병약해서 자주 누워 있었습니다. 자리에 누워서 요, 베개 커버, 이불 커버를 물끄러미 바라보며 너무 밋밋하게 만들어져 있다고 생각했습니다. 그러나 그것이 의외로 실용적이라는 사실을 스무 살 가까이 된 어느 날 알게 되었습니다. 인간이 얼마나 검소한 종족인지를 깨닫는 그 순간 정신이 아득해지면서 진심으로 슬펐습니다.

또 저는 공복감이라는 것을 몰랐습니다. 제가 의식주가 풍족한 집에 태어나고 성장했다는 의미가 아닙니다. 그런 어리석은 의미가 아닙니다. 단지 '공복감'이라는 감각이 어떤 것인지 몰랐을 뿐입니다. 이상하게 들리겠지만 배가 고파도 제 스스로 그것을 깨닫지 못했습니다. 초등학교와 중학교 때 제가 학교에서 돌아오면 주변 사람들은 "저런, 배고프지? 우리들도 그랬어. 학교 갔다 오면 그렇게 배가 고프더라고. 진짜 못 참을 정도였지. 달콤한 콩과자 먹을래? 아니면 카스텔라? 빵도 있단다" 하며 부산을 떨었습니다. 저는 워낙 사람들의 기분을 잘 맞춰주는 성격이라 너무 배고파요, 하며 일부러 툴툴거리면서 콩과자를 열 개 정도 입에 톡 털어 넣곤 했습니다. 배가 고픈지 어떤지 전혀 느끼지도 못하면서 말입니다.

저는 물론 잘 먹었습니다. 하지만 배가 고파서 먹었던 기억은 거의 없습니다. 신기해서 먹었습니다. 고급스러워 보여서 먹었습니다. 남의 집에 갔을 때 먹으라고 내오는 것은 무리를 해서라도 억지로 다 먹었습니다. 실은 어린 제게 가장 고통스러운 시간은 가족들과의 식사 시간이었습니다.

시골의 고향집에서는 열 명 정도 되는 가족이 밥과 반찬이 올라가 있는 개인 밥상을 각자 앞에 두고 두 줄로 서로 마주 보고 앉아서 밥을 먹었습니다. 막내인 저는 물론 제일 끄트머리에 앉았습니다. 밥 먹는 방은 심지어 점심을 먹을 때도 어두침침했습니다. 그 방에서는 늘 십여 명의 가족이 아무 말도 없이 그저 묵묵히 밥만 먹는 분위기라 저는 으스스함을 느끼곤 했습니다. 게다가 시골의 고지식한 집안이었기에 반찬도 늘 똑같았습니다. 신기하거나 고급스러운 것은 상상도 못했습니다. 저는 밥 먹는 시간이 점점 무서워지기 시작했습니다. 저는 그 어두침침한 방의 끄트머리에 앉아서 추위에 덜덜 떨며 밥을 꾸역꾸역 입으로 집어넣어서 삼켰습니다. 인간은 왜 하루에 세 번씩 밥을 먹을까. 모두 엄숙한 표정으로 밥을 먹었습니다. 일종의 의식 같은 것으로 가족이 매일 하루에 세 번, 정해진 시간에, 어두침침한 방에 모여 개인 밥상을 앞에 두고 순서대로 앉아, 설령 먹고 싶지 않더라도 아무 말 않고 고개를 숙이고 밥을 씹습니다. 집 안에 우글거리는 귀신들에게 공양하고 있는 것일지도 모른다, 이렇게까지 생각한 적이 있을 정도였습니다.

저에게 밥을 안 먹으면 죽는다는 말은 그저 못마땅한 협박으로밖에 들리지 않았습니다. 그 미신 덕에(지금도 제게는 미신처럼 느껴집니다만) 저는 늘 불안과 공포에 떨었습니다. 인간은 밥을 먹지 않으면 죽으니까 일해서 먹고살아야 한다는 말만큼 난해하고 이해 불가능하며 협박처럼 들리는 말도 없었습니다.

즉 저로서는 '인간살이'라는 말이 무슨 의미인지 여전히 이해할 수 없었습니다. 제 행복 관념과 세상 사람들의 행복 관념이 어긋나 있는 것 같은 불안감, 저는 그 불안감 때문에 저녁마다 데굴데굴 구르고 신음하고 발광하기도 했습니다. 저는 과연 행복한 것일까요? 저는 어릴 때부터 종종 운 좋은 녀석이라는 말을 들었습니다만 제 자신은 늘 지옥에 사는 것 같은 느낌이었습니다. 오히려 저더러 운 좋은 녀석이라고 하는 사람들이 저와는 비교도 안 될 정도로 훨씬 더 안락해 보였습니다.

저에게는 열 개의 재앙 덩어리가 있습니다. 그중 하나라도 주변 사람이 가지게 된다면 그것만으로 그 사람은 생명을 잃고 말 거라고 생각한 적도 있었습니다.

다시 말해서, 모릅니다. 주변 사람이 느끼는 고통의 성질과 정도를 전혀 짐작할 수 없습니다. 실용적인 고통, 단순히 밥을 먹으면 해결되는 고통, 그러나 그것이야말로 가장 강력하고 아프고 괴로운 고통으로 제가 가진 열 개의 재앙 따위는 비교도 안 될 정도로 처참한 아비규환의 지옥일지도 모릅니다. 모르겠습니다. 그러나 그런 것치고는 잘도 자살도 하지 않고 발광도 하지 않고 정치를 논하거나 절망하지 않고 좌절하지 않고 살기 위한 투쟁을 계속하고 있다는 생각이 듭니다. 고통스럽지 않은 게 아닐까? 철저한 에고이스트*가 된 거다. 게다가 에고이스트가 되는 것을 당연하다고 생각하고, 한 번도 자신을 의심한 적이 없는 게 아닐까? 그렇다면 마음 편하겠다. 그러나 인간이란 것은 다들 그러하며 또 그것으로 만점이 아닐까. 모르겠다. ……밤에는 푹 자고 아침에는 상쾌하게 일어날까. 어떤 꿈을 꿀까. 길을 걸으면서 무슨 생각을 할까. 돈? 설마 그것만은 아닐 것이다. 인간은 밥을 먹기 위해 산다는 말은 들은 적이 있지만 돈을 위해 산다는 말은 들은 적이 없다. 아니. 그러나. 어쩌면. ……

---

* egoist, 이기주의자.

아니. 그래도 모르겠다. ……생각하면 할수록 저는 더욱 미궁 속으로 빠졌고, 제 자신이 너무나도 이상하게 느껴져 불안과 공포감이 엄습했습니다. 저는 주변 사람들과 거의 대화를 하지 않습니다. 무슨 말을 어떻게 해야 하는지 몰랐기 때문입니다.

그래서 생각해낸 것이 익살을 떠는 것이었습니다.

그것은 인간에 대한 저의 마지막 구애였습니다. 저는 인간을 극도로 두려워하면서도 인간을 도저히 단념할 수 없었나 봅니다. 그렇게 해서 저는 익살이라는 하나의 끈으로 아주 약하지만 인간과 연결될 수 있었습니다. 겉으로는 끊임없이 웃지만 속으로는 필사적인, 그야말로 천 번에 한 번 찾아올 법한 위기일발의, 진땀 나는 서비스였습니다.

저는 어릴 때부터 가족임에도 가족들이 얼마나 괴롭고 또 어떤 생각을 하며 살고 있는지 전혀, 조금도, 짐작하지 못했습니다. 단지 두렵고 거북해서 그런 분위기를 견디지 못하고 익살을 부리게 되었습니다. 즉 저는 언젠가부터 진실을 단 한마디도 말하지 않는 아이가 되어버렸습니다.

그즈음의 가족들과 함께 찍은 사진을 보면 다른 사람들은 다들 진지한 표정을 짓고 있는데 저 혼자만 기묘하게 얼굴을 일그러뜨리며 웃고 있습니다. 이 또한 저의 유치하고 슬픈 익살의 일종이었습니다.

저는 부모님에게 말대답을 한 적이 한 번도 없었습니다.

제게 잔소리란 청천벽력같이 강해 듣는 순간 미쳐버릴 것만 같아서 말대답하기는커녕 잔소리야말로 이른바 예부터 변함없는 인간의 '진리'가 틀림없다, 그 진리를 실천할 능력이 없으니 더 이상 나는 인간들과 함께 살 수 없는 것이 아닌가, 저는 그렇게 믿어버리고 말았습니다. 그래서 저는 언쟁도 자기변명도 할 수 없었습니다. 남에게 안 좋은 소리를 들으면 그렇구나, 지당한 말이다, 내가 심각한 오해를 했구나, 하는 기분이 들어서 늘 공격을 묵묵히 받아들였습니다. 그리고 내심 미쳐버릴 정도의 공포를 느꼈습니다.

남이 자신에게 비난을 퍼붓거나 화를 내면 기분이 좋을 사람이 누가 있겠습니까마는 저는 화내고 있는 사람의 얼굴에서 사자보다도 악어보다도 용보다도 더 무서운 동물의 본성을 보았습니다. 평소에는 그 본성을 감추고 있다가 어떤 기회가 찾아오면, 예를 들어 소가 초원에서 무방비 상태로 자고 있다가 갑자기 꼬리로 배에 앉은 파리를 쳐 죽이듯, 인간이 자신의 무서운 정체를 화라는 형태로 갑작스럽게 드러낼 때면 저는 늘 머리카락이 쭈뼛쭈뼛 설 정도로 전율을 느꼈습니다. 이 본성도 또한 인간으로 살아가는 데 필요한 자격 중 하나일지도 모른다는 생각에 제 자신에게 절실함이 느껴질 정도의 절망감을 느꼈습니다.

저는 인간에 대한 공포로 늘 덜덜 떨었고, 인간으로서 저자신의 언행에 눈곱만큼의 자신감도 없었습니다. 저 혼자

만의 고뇌를 가슴속의 작은 상자에 담고서 우울함과 신경 과민을 그저 숨기기만 한 채 오로지 천진난만한 낙천주의로 가장했습니다. 그렇게 해서 저는 익살스러운 괴짜로 점점 완성되어 갔습니다.

뭐든지 좋으니까 웃기면 된다. 그러면 인간들은 내가 자신들이 말하는 이른바 '삶' 밖에 있더라도 그다지 신경 쓰지 않을 것이다. 어쨌든 인간들의 눈에 거슬리면 안 된다. 나는 무(無)다. 바람이다. 하늘이다. 이런 생각이 점점 심해졌으며 그와 동시에 저는 익살꾼으로 더욱 완벽하게 자신을 가장해 가족들을 웃겼습니다. 그리고 가족들보다도 더욱 이해할 수 없고 두려운 존재인 사용인들에게까지 필사적으로 익살을 떠는 서비스를 했습니다.

저는 여름에 유카타 속에 빨간 털실로 짠 스웨터를 껴입고 복도를 걸어 다니며 집안사람들을 웃겼습니다. 좀처럼 웃지 않는 큰형도 그걸 보고서는 "그거 요조한테 안 어울려"라고 귀여워 죽겠다는 듯한 말투로 말하며 폭소했습니다. 아닙니다. 제가 한여름에 털실 스웨터를 입고 걸을 정도로, 아무리 그래도, 그렇게, 더위도 추위도 모르는, 이상한 사람은 아닙니다. 사실 누나의 레깅스를 양팔에 끼고 유카타 소매 아래로 슬쩍 내보여 스웨터를 입고 있는 것처럼 보이게 했습니다.

제 아버지는 도쿄에 볼일이 많은 사람이었습니다. 도쿄

우에노의 사쿠라기초에 별장을 가지고 있어서 한 달의 거의 대부분은 도쿄의 별장에서 지냈습니다. 그리고 집으로 돌아오실 때면 가족들 또는 친척들의 몫까지 실로 엄청난 양의 선물을 사 오는 것이, 뭐 아버지의 취미 같은 것이었습니다.

언젠가 아버지는 도쿄에 가기 전날 밤, 자식들을 거실에 불러 모으고는 모두에게 돌아가며 이번에 돌아올 때는 어떤 선물이 좋겠냐고 웃으며 물었습니다. 그리고 아이들의 대답을 일일이 수첩에 적었습니다. 아버지가 자식들을 다정다감하게 대하는 것은 드문 일이었습니다.

"요조는?"

아버지가 물으셨을 때 저는 아무 말도 못했습니다.

뭘 가지고 싶으냐는 질문을 받자마자 아무것도 갖고 싶지 않아졌습니다. 뭐든 상관없다. 어차피 날 즐겁게 해주는 것 따위 없다. 이런 생각들이 갑자기 울컥 하고 터져 나와버렸습니다. 그러나 도저히 제 취향이 아니더라도 남이 주는 것이라면 거절하지 못했습니다. 싫은 것을 싫다고 하지 못하고, 또 좋아하는 것이 있어도 마치 도둑질해서 얻은 것처럼 눈치를 보며 무덤덤한 척했습니다. 그렇게 말로는 표현할 수 없는 공포감에 몸서리쳤습니다. 즉 제게는 둘 중 하나를 선택할 수 있는 능력조차 없었습니다. 이것이 세월이 흘러 이른바 '참으로 부끄러운 인생'을 사는 중대한 원인이지 않았나, 이제야 그런 생각이 듭니다.

제가 아무 말 않고 우물쭈물하고 있으니 아버지는 기분 상한 표정으로 말했습니다.

"역시 책이냐. 아사쿠사에 있는 절 근처 가게에서 사자탈을 팔더구나. 설날 사자춤에 쓰는 탈 말이다. 애들이 쓰고 놀기에 딱 좋은 크기던데 그건 어떠냐? 갖고 싶지 않으냐?"

갖고 싶지 않으냐는 말을 들으면 상황 종료입니다. 익살을 떨 수 없습니다. 대답을 할 수도 없습니다. 얼어붙어버려 아무것도 할 수 없습니다. 익살꾼으로서는 완전히 낙제점이었습니다.

"책이 좋을 것 같습니다."

큰형이 진지한 표정으로 말했습니다.

"그래?"

아버지는 재미없어졌다는 표정을 지으며 수첩을 탁 하고 닫아버렸습니다. 수첩에 메모도 하지 않고 말입니다.

참으로 어처구니없는 실패입니다. 저는 아버지를 화나게 만들었습니다. 아버지의 복수는 분명 엄청나게 무서울 게 틀림없습니다. 저는 지금 당장 무슨 수를 써서라도 아버지의 기분을 되돌려놓지 않으면 안 된다고 생각했습니다. 그날 밤 이불 속에서 덜덜 떨면서 고민하던 끝에, 몰래 일어나 거실로 가서 아버지가 좀 전에 수첩을 넣어두셨던 서랍을 열어 수첩을 꺼내 페이지를 넘기며 선물 주문 리스트가 적혀 있는 곳을 찾았습니다. 그리고 그 페이지에 연필로 '사자 탈'이라고 적어 넣고 다시 잠들었습니다. 저는 그 사자춤에 쓰는 사자탈을 발톱의 때만큼도 갖고 싶지 않았습니다. 오히려 책이 훨씬 좋았습니다. 하지만 저는 아버지가 그 사자탈을 제게 사주고 싶어한다는 것을 눈치채고 아버지의 기분에 맞춰주기 위해, 아버지가 기뻐하는 모습을 보기 위해, 심야에 거실로 몰래 숨어 들어가는 모험을 결행한 것이었습니다.

그리고 제 비상사태에 대한 대처 방법은 대성공을 거뒀습니다. 아버지가 도쿄에서 돌아오자마자 어머니에게 큰소리로 말씀하시는 것을 방에서 들었습니다.

"장난감 가게에서 수첩을 펼쳤더니 이거 보라고, 여기, 사자탈이라고 적혀 있었소이다. 이거 내 글씨가 아니잖소. 이상하다 싶었는데 짚이는 게 있었소이다. 요조 녀석이 장난을 친 것이오. 녀석, 내가 물었을 때는 그저 싱글거리기만 하고 아무 말 않더니. 나중에 사자탈이 무척 갖고 싶어졌나 보오. 녀석은 특별한 아이 아니오. 모른 척하고 이렇게 슬쩍 적어 넣다니. 그렇게 갖고 싶으면 직접 말하면 될 터인데. 내가 말이오, 장난감 가게에서 얼마나 웃었는지 아시오? 요조를 빨리 불러오시오."

저는 사용인들을 응접실로 불러 남자 한 명에게 되는 대로 피아노를 두드리게 하고(시골이긴 했지만 우리 집에는 있

21

을 건 다 있었습니다) 그 소음에 가까운 피아노 소리에 맞춰서 인디언 춤을 선보였습니다. 그 광경을 보고 모두들 포복절도했습니다. 둘째 형은 플래시를 터뜨리며 제 인디언 춤을 찍었습니다. 현상된 사진을 보니 복띠(총천연색의 보자기였습니다) 매듭 사이로 작은 고추가 보였습니다. 그걸 보고 가족들은 다들 배꼽 빠지게 웃었습니다. 저로서는 이 또한 의외의 성공이었습니다.

저는 매월 소년 잡지를 열 권 이상이나 구독하고 있었습니다. 그 외에도 다양한 책을 도쿄에서 주문해 꾸준히 읽고 있어서 『메차라쿠 박사』*라든지, 『난자몽자 박사』**라든지 하는 만화에 대해서도 많이 알고 있었습니다. 그 외에도 괴담, 고단***, 라쿠고****, 에도코바나시***** 등에 관해서도 잘 알고 있었기 때문에 익살스런 이야기를 진지한 얼굴로 말해 집안사람들을 웃기기에 소재는 충분했습니다.

그러나, 아~, 학교!

저는 거기에서 존경을 받을 뻔했습니다. 존경받는다는

---

* '엉망진창 박사'라는 뜻의 일본의 아동만화책.

** '척척 박사'라는 뜻의 일본의 아동만화 연재물.

*** 부채로 책상을 쳐서 박자를 맞추어가면서 주로 정치 재판에 관한 이야기, 무용담, 싸움, 주군의 원수 갚기, 협객전(俠客伝), 남녀 연애담 등의 이야깃거리를 읽어서 들려준다.

**** 일본의 전통 1인 만담이다. 재미있게 꾸민 이야기를 혼자서 1인 다역을 하며 풀어내 재담을 이끄는 것이다.

***** 18세기 에도(지금의 도쿄)에서 유행하던 대화 형식의 개그.

관념도 저를 몹시 두렵게 만들었습니다. 거의 완벽에 가깝게 남을 속이다가 전지전능한 어떤 사람에게 들켜서 산산조각 나버려 죽기보다 더 심한 수치심을 느끼게 된다는 것이 제가 내린 '존경받는다'의 정의였습니다. 인간을 속여서 '존경받는다'고 해도 누군가 한 사람은 알고 있습니다. 그리고 언젠가 그 한 사람이 인간들에게 가르침을 주어 자신들이 내게 사기당했다는 것을 깨달았을 때, 그때 인간들의 분노와 복수는 도대체, 후~ 어떤 것이겠습니까. 생각만 해도 온몸의 털이 꼿꼿하게 서는 느낌이었습니다.

저는 부잣집에서 태어났다는 것보다도 세상 사람들이 흔히 말하는 '공부 잘하는 아이'로서 학교에서 존경받을 뻔했습니다. 저는 어릴 때부터 병약했기에 한 달, 두 달 혹은 한 학년 가까이 병치레를 해서 자주 학교를 쉬었습니다. 그럼에도 나은 지 얼마 되지도 않은 몸을 이끌고 인력거를 타고 학교에 가서 학년말 시험을 치면 반에서 제일 성적이 좋았습니다. 몸 상태가 좋을 때도 저는 공부를 별로 하지 않았습니다. 학교에 가도 수업 시간에 만화 따위를 그리고, 쉬는 시간에는 그것을 반 아이들에게 설명하며 웃겼습니다. 또 글을 쓰라고 하면 웃기는 이야기만 써서 선생님에게 주의를 들었습니다. 그러나 저는 그만두지 않았습니다. 실은 선생님도 저의 웃기는 이야기를 몰래 즐기고 있다는 것을 알고 있었기 때문이었습니다.

어느 날 저는 여느 때처럼 어머니가 절 데리고 도쿄로 가던 기차 안에서 객차 통로에 있는 가래통에 오줌을 누고 만실수담(그러나 그때 저는 가래통인 줄 모르고 그런 게 아니었습니다. 철없는 아이로 가장해 일부러 그렇게 했습니다)을 참으로 슬프게 적어서 제출했습니다. 선생님은 틀림없이 웃을 거라는 자신감이 있었습니다. 교무실로 돌아가는 선생님의 뒤를 몰래 밟았습니다. 선생님은 교실에서 나오자마자 반 아이들의 제출물에서 제 글을 뽑아 복도를 걸으며 읽기 시작했습니다. 그러고는 작게 소리 내 웃었습니다. 교무실에 들어가서는 벌써 다 읽었는지 얼굴이 시뻘게질 정도로 큰 소리로 웃었습니다. 다른 선생님에게 읽어보라고 권하는 선생님의 모습을 보며 저는 무척 만족스러웠습니다.

장난꾸러기.

저는 이른바 장난꾸러기로 보이는 데 성공했습니다. 존경받는 것에서 도망치는 데 성공했습니다. 학교 통지표를 보면 학과는 모두 10점 만점이었지만 행동 평가는 7점이거나 6점을 받아서 이것 또한 가족들의 웃음을 자아냈습니다.

그러나 제 본성은 장난꾸러기 따위와는 많이 대조적인 것이었습니다. 그즈음 이미 저는 집의 남녀 사용인들에게 슬프고 가엾은 어떤 것에 대해 배우고 겁탈당하고 말았습니다. 어린아이에게 그러한 짓을 하는 것은 인간이 행할 수 있는 범죄 중에서도 가장 추악하고 하등하고 잔혹한 범죄라고 저는 지금도 생각하고 있습니다. 그러나 저는 숨기고 참았습니다. 이것으로 또 하나 더, 인간의 특징을 알게 되었다는 기분조차 들어서, 그래서 맥없이 웃었습니다. 만약 제게 사실을 말하는 습관이 있었다면 주눅 들지 않고 그들의 범죄를 아버지와 어머니께 호소할 수 있었을지도 모릅니다. 그러나 저는 아버지도 어머니도 전부를 이해할 수 없었습니다. 저는 인간에게 호소한다는 그 수단에는 조금의 기대도 없었습니다. 아버지께 호소해도, 어머니께 호소해도, 순경에게 호소해도, 정부에 호소해도, 결국 처세술이 뛰어난 사람의, 목소리 큰 사람의 변명만 들어줄 게 뻔하지 않을까 생각했습니다.

반드시 편파적이라는 것을 너무 잘 알고 있다. 어차피 인간에게 호소하는 것은 쓸데없는 짓이다. 저는 역시 사실은 말하지 않고 숨기고 참고, 그리고 익살을 계속 떠는 것 외에는 달리 방법이 없다는 생각이 들었습니다.

뭐야, 인간에 대한 불신을 말하고 있나? 허~, 그래? 네가 언제부터 기독교인이었냐고 조소하는 사람도 어쩌면 있을지도 모릅니다만 그러나 인간에 대한 불신이 반드시 곧 종교와 통하고 있다고는 말할 수 없다고 생각합니다. 실제로 조소하는 사람까지 포함해 인간은 서로 불신하면서 여호와든 뭐든 염두에 두지 않고 잘 살고 있지 않습니까.

역시 제 어린 시절의 일입니다만, 아버지가 속해 있던 모정당의 유명인이 저희 마을에 연설하러 와서 저는 사용인들과 함께 연설을 들으러 극장에 갔습니다. 극장은 만원이었습니다. 마을에서 아버지와 친한 사람들의 얼굴은 다 보였고 다들 열심히 박수를 쳤습니다. 연설이 끝나고 청중들은 눈 덮인 밤길을 삼삼오오 무리 지어 집으로 돌아가며 오늘 밤 연설이 뭣 같았네 어쩌네 하며 뒷담화를 하기 시작했습니다. 그 무리 속에서 아버지와 아주 절친한 사람의 목소리도 들렸습니다. 아버지의 인사말은 듣고 있을 수 없었다는 둥 유명인의 연설도 무슨 소린지 모르겠다는 둥 이른바 아버지의 '동지들'이 열 받은 목소리로 말하고 있었습니다. 그리고 그 사람들은 우리 집 손님방에 몰려와 아버지께 오늘 밤의 연설은 대성공이었다고 진심으로 기뻐하는 표정을 지으며 말했습니다. 어머니는 남자 사용인들에게 오늘 밤 연설회가 어땠느냐고 물으셨습니다. 사용인들은 아주 재미있었다고 천연덕스럽게 말했습니다. 그러나 사용인들은 집으로 돌아오면서 연설회만큼 재미없는 것도 없다며 투덜댔습니다.

그러나 이런 것은 아주 사소한 예에 불과합니다. 서로 속고 속입니다. 참 신기한 것이 아무도 상처 받지 않으며, 서로 속고 속이고 있다는 것도 모르는 것 같은, 실로 산뜻한, 그야말로 밝고 명랑한 불신의 예가 인간의 삶에는 가득한 것 같습니다. 그러나 저로서는 서로 속고 속이고 있다는 사실에 딱히 흥미가 없습니다. 저 자신이야말로 익살꾼으로 가장해 아침부터 밤까지 인간을 속이고 있으니까요. 저는 '바른생활' 교과서에나 나올 법한 정의인지 뭔지 하는 도덕 따위에는 그다지 관심이 없습니다. 저는 속고 속이고 있으면서 맑고 밝고 명랑하게 살고 있는, 또는 살 수 있는 자신감을 가지고 있는 것 같은 인간이 오히려 난해합니다. 인간은 끝내 제게 그런 묘수를 가르쳐주지 않았습니다. 그 묘수만 알았더라면 저는 인간을 이렇게까지 두려워하고 필사적으로 서비스를 하지 않아도 되었을 텐데 말입니다. 인간의 생활과 대립하며 밤마다 지옥도 이런 지옥이 없을 거라고, 지독한 고통을 느끼지 않아도 됐을 텐데 말입니다. 즉 제가 남녀 사용인들의 증오스런 범죄조차 아무에게도 털어놓지 못했던 것은 인간에 대한 불신 때문이 아니라, 물론 기독교인 때문도 아니며, 인간이 요조라는 저에 대해 신용의 껍질을 굳게 닫고 있었기 때문이었다고 생각합니다. 부모님조차 제가 이해하기 어려운 면을 가끔 보여주시기도 했으니까요.

그리고 그, 아무에게도 털어놓을 수 없는, 저의 이 고독한 냄새가 많은 여성들의 본능을 자극해 훗날 여러 여성들에게 이용당하는 원인 중 하나가 된 것 같기도 합니다.

다시 말해 여성들에게 저는 사랑의 비밀을 지킬 수 있는 남자였다는 말입니다.

두 번째 수기

바다에서 파도가 부서지는 곳. 그렇게 말해도 좋을 정도로 바다 가까이 위치한 해안에 꽤 큰 흑빛 나무줄기의 산벚나무가 스무 그루 이상 늘어서 있는데, 4월이 되면 그 산벚나무는 갈색빛 도는 끈적한 새 잎과 함께 푸른 바다를 배경으로 현란한 꽃을 피우고, 꽃잎이 흩날리는 때가 되면 바다 위로 수많은 꽃잎이 떨어져 바다 수면을 깨알같이 수놓으며 떠다니다가 파도를 타고 다시 파도가 부서지는 곳으로 되돌아오는, 그런 벚꽃 해변을 그대로 교정으로 사용할 수밖에 없는 곳에 위치한 모 중학교에 저는 입시 준비도 제대로 하지 않았는데 어찌된 일인지 무사히 입학하게 되었습니다. 그 중학교의 모자에 달린 휘장에도, 교복 단추에도 도안된 벚꽃이 피어 있었습니다.

그 중학교 바로 옆에 우리 집안과 먼 친척 사이인 사람이 살고 있었습니다. 그래서 아버지는 그 바다와 벚꽃의 중학교를 제게 골라주셨던 것입니다. 저는 그 집에 맡겨졌습니다. 여하튼 그 집이 학교 바로 옆에 있어서 아침 조례 종소리를 듣고서 학교에 뛰어가는 꽤 게으른 중학생이었지만, 그래도 예의 그 익살 덕분에 나날이 학급에서 인기를 얻고 있었습니다.

태어나서 처음으로 이른바 타향에 온 셈입니다만, 저로서는 그 타향이 제가 태어난 고향보다도 훨씬 편안하게 느껴졌습니다. 그것은 제 익살꾼 연기도 그즈음에는 드디어 몸에 익숙해져서 남을 속이는 것에 이전만큼 고생할 필요가 없어졌기 때문이라고 분석해도 좋겠지만, 그것보다도 가족과 타인, 고향과 타향, 거기에는 메울 수 없는 연기의 난이도 차이가, 아무리 천재라도, 설령 하느님의 아들인 예수라도, 존재하는 거 아니겠습니까. 배우로서 가장 연기하기 어려운 장소는 고향 극장으로, 게다가 친인척 모두가 앉아 있는 곳에서라면 아무리 명배우라도 연기가 되겠습니까. 하지만 저는 고향에서 연기해왔습니다. 게다가 꽤 성공했습니다. 그 정도로 보통내기가 아닌 놈이 타향에서 연기에 실패할 리가 있겠습니까.

인간에 대한 저의 공포는 이전보다 더 심하면 심했지, 전보다 전혀 뒤떨어지지 않을 정도로 가슴 밑바닥에서 꿈틀거리고 있었습니다. 그러나 연기는 실로 점점 더 좋아졌으며, 교실에서는 늘 반 아이들을 웃기고 교사도 말로는 이 반은 오바* 요조만 없으면 진짜 착한 반인데, 라고 한숨을 지었지만 실은 손으로 입을 가리고 웃고 있었습니다. 저는 그 천박하고 천둥같이 큰 소리를 내지르는 교련 담당 장교조차도 쉽게 웃음을 터뜨리게 만들 수 있었습니다.

그야말로 제 정체를 완전히 은폐하는 데 성공했다고 안심하던 차에 저는 실로 갑작스럽게 등 뒤에서 허를 찔렸습니다. 그 남자는 반에서 가장 빈약한 몸을 하고 얼굴도 푸르퉁퉁하고, 부모 형제가 쓰던 것을 물려받은 게 분명한, 쇼토쿠 태자의 옷처럼 소매가 무척 긴 웃옷을 입고, 공부는 전혀 못하고 교련이나 체조는 늘 견학만 하는 백치에 가까운 학생이었습니다. 저 역시 그 학생은 경계할 필요조차 없다고 생각했습니다.

그날 체조 시간에 그 학생(성은 기억나지 않습니다만 이름은 다케이치였지 않았나 싶습니다), 다케이치는 여느 때처럼 견학을 하고 우리들은 철봉 연습을 강요받고 있었습니다. 저는 일부러 가능한 엄숙한 표정을 지은 채 철봉을 향해 에잇 하고 소리를 지르며 그대로 멀리 뛰기 하듯이 앞으로 날아가 모래밭에 쿵 하고 엉덩방아를 찧었습니다. 모두 계획

---

* 작중 화자인 요조의 성(姓).

된 실패였습니다. 모두들 크게 웃었고 저도 쓴웃음을 지으며 일어나 바지의 모래를 털고 있었는데 언제 그곳에 왔는지 다케이치가 제 등을 쿡쿡 찌르며 낮은 목소리로 이렇게 속삭였습니다.

"거짓, 부렁이."

순간 온몸이 전율에 휩싸이고 덜덜 떨렸습니다. 일부러 실패했다는 것을 다른 사람도 아닌 다케이치에게 간파당하다니 전혀 생각지도 못했습니다. 저는 순간적으로 세상이 지옥의 업화에 휘말려 타오르는 것을 두 눈으로 직접 목격한 기분이 들면서 '으악!' 하고 소리 지르며 발작을 일으킬 것 같은 정신을 필사적으로 억눌렀습니다.

그로부터 매일, 찾아오는 불안과 공포.

표면적으로는 변함없이 애절하게 익살을 연기해 모두를 웃겼습니다만, 갑자기 짓눌리는 듯 답답한 한숨이 터져나오고 무엇을 하든 다케이치에게 낱낱이 간파당해 녀석이 모두에게 퍼뜨리고 다닐 것이 틀림없다는 생각이 들 때면 이마가 식은땀으로 축축해지고 미친 사람처럼 묘한 눈초리로 불안한 듯 주변을 공허하게 두리번거렸습니다. 할 수만 있다면 아침, 점심, 저녁 24시간 다케이치 옆에서 떨어지지 않고 그가 비밀을 떠벌리지 않도록 감시하고 싶은 기분이었습니다. 그렇게 제가 그에게 엉겨 붙어 있는 동안 제 익살은 이른바 '거짓부렁'이 아니라 진짜라고 믿게끔 온갖 노력을 하고, 기회가 있으면 그와 둘도 없는 친구가 되어버리고 싶다, 만약 그것이 모두 불가능하다면 이른바 그의 죽음을 기원하는 것 외에는 방법이 없다는 생각을 하기도 했습니다. 그러나 그를 정말 죽여야겠다는 생각만큼은 들지 않았습니다. 저는 지금까지 살면서 사람에게 죽임을 당하고 싶다고 바란 적은 몇 번이나 있었지만 사람을 죽이고 싶다고 생각한 적은 한 번도 없었습니다. 그것은 두려워해야 할 상대에게 도리어 행복을 부여할 뿐이라는 생각이 들었기 때문입니다.

저는 그를 회유하기 위해 먼저 얼굴에 가짜 기독교인과 같이 '다정다감한' 미소를 띠며 목을 30도 정도 왼쪽으로 기울이고 그의 작은 어깨를 가볍게 두들긴 다음 본성을 숨기고 간드러지는 목소리로 제가 하숙하고 있는 집으로 놀러 오라고 여러 번 꼬드겼지만, 그는 늘 초점 없는 눈으로 바라볼 뿐 아무 대답도 하지 않았습니다.

어느 날 방과 후, 분명 초여름 날의 일이었습니다. 소낙비의 물보라가 빛에 반사되어 새하얗게 반짝이며 세차게 내리자 학생들은 하교도 못하고 어쩔 줄 몰라 하고 있었지만 저는 집이 바로 옆이라 그냥 뛰어가려고 했습니다. 그때 신발장의 어느 그늘진 곳에 다케이치가 기운 없이 서 있는 것을 발견하고 "가자, 우산 빌려줄게"라고 말을 건넸습니다.

겁먹은 다케이치의 손을 끌어당겨 같이 소낙비 속을 달려 집에 도착한 우리는 웃옷을 벗어 친척 아주머니에게 말려 달라고 부탁했습니다. 그렇게 저는 다케이치를 2층의 제 방으로 데리고 가는 데 성공했습니다.

그 집에는 쉰이 좀 넘은 친척 아주머니와 안경잡이에 병색이 완연해 보이는 서른 즈음의 꺽다리 첫째 딸(이 딸은 한 번 시집갔다가 다시 돌아온 사람이었습니다. 저는 이 사람을 이 집 사람들처럼 아네사라고 불렀습니다), 그리고 언니와 달리 키가 작고 동그란 얼굴을 하고 있고 얼마 전 여학교를 졸업한 둘째 딸 세쓰짱, 이렇게 세 명뿐인 가족으로 아래층의 가게에서는 문구나 운동용품을 약간 팔고 있었습니다만, 주요 수입은 죽은 남편이 지어서 남긴 대여섯 채 되는 연립주택에서 나오는 집세였습니다.

"귀가 아프다."

다케이치는 선 채로 말했습니다.

"비에 젖었더니 아파졌다."

제가 보니 양쪽 귀에서 고름이 질질 흐르는 귓병을 앓고 있었습니다. 고름이 당장이라도 귓바퀴 밖으로 흘러서 넘칠 것 같았습니다.

"너무 심하네. 아프겠다."

저는 많이 놀란 듯 과장하며 "비 오는데 억지로 끌고 나와서 미안" 하고 여자 같은 말투로 '다정다감하게' 사죄하고 나서 아래로 내려가서 솜과 알코올을 받아 와서 다케이치를 제 무릎을 베고 눕게 한 다음 꼼꼼하게 귀청소를 해주었습니다. 다케이치도 저의 행동이 위선이고 악의적인 계략이라고는 전혀 눈치채지 못한 듯, "너는 여자한테 인기 많을 거야"라고 제 무릎을 베고 누워서 멍청하게 입에 발린 말을 할 정도였습니다.

그러나 그것이 다케이치도 의식하지 못했을 정도로 무시무시한 악마의 예언이라는 것을 저는 나중에 알게 되었습니다. 제가 반한다느니 여자가 제게 반한다느니 하는 말은 참으로 천박하고 장난스럽고 우쭐해져서 벙글거리는 느낌이라 아무리 '엄숙'한 곳이라도 이 말이 슬쩍 얼굴을 내밀면 순식간에 우울함의 청정지역이 붕괴되고 두루뭉수리하게 되어버리는 것 같은 느낌이 들었습니다. 하지만 남이 제게 반했다는 것을 인식하는 순간의 괴로움 등과 같은 속된 말이 아니라 사랑받는 불안감이라고 하는 문학적 언어를 사용하면 우울함의 청정지역이 붕괴될 것 같지 않아 기묘하다는 생각이 들었습니다.

다케이치는 제가 귀의 고름을 처리해주자 넌 인기가 많을 거라는 바보스런 입에 발린 소리를 했고, 저는 그저 얼굴을 빨갛게 물들이며 웃을 뿐 아무 말도 하지 않았습니다. 하지만 실은 어렴풋이 떠오르는 것도 있었습니다. 하지만 "여자가 반할 것이다" 같은 야비한 말이 만들어내는 우쭐대며

히죽거리는 것에 대해 짐작 가는 부분도 있다고 적는 것은, 라쿠고에 등장하는 호색한 부잣집 도련님의 대사로도 사용할 수 없을 정도로 어리석은 감회를 드러내는 것으로 설마 제가 그런 실없고 농지거리하는 기분으로 "짐작이 가는 부분도 있다"고 한 것은 아닙니다.

제게는 인간 여성이 남성보다도 몇 배나 더 난해했습니다. 제 가족은 여성이 남성보다도 많고, 또 친척들 중에도 여자가 많으며, 그 예의 '범죄'를 저지른 여자 사용인도 그렇고 어릴 때부터 여자하고만 놀며 성장했다고 해도 과언이 아닐 정도입니다만, 실로 살얼음을 밟는 아슬아슬한 기분으로 그 여자들과 관계를 맺어왔습니다. 거의, 아니 짐작도 안 갑니다. 오리무중으로 이따금 호랑이 꼬리를 밟는 등의 실수를 저질러서 엄청나게 큰 타격을 입었는데, 그것은 또 남성에게 당하는 채찍질과 달리 내출혈처럼 극도로 불쾌한 내상으로 좀처럼 치유하기 어려운 상처였습니다.

여자는 끌어당겼다가 밀어내고, 또 남이 있는 곳에서는 저를 업신여기고 매정하게 굴면서 아무도 없는 곳에서는 꽉 껴안고, 죽은 듯 깊이 잠자고. 여자는 잠을 자기 위해 사는 게 아닐까. 그 외에도 여자에 대한 다양한 관찰을 이미 저는 유년 시절부터 해왔지만 동일한 인류인 듯하면서도 남자와는 전혀 다른 생물이라는 느낌으로, 그래서 이해불가능하고 방심할 수 없는 생물인 그들은 기묘하게 저를 보살폈습니다. "여자가 내게 반한다" 따위의 말도 또 "여자가 나를 좋아한다"는 말도, 제게는 조금도 어울리지 않으며 "여자가 날 신경 쓴다"고 말하는 편이 실상을 설명하는 데 더 적당할지도 모르겠습니다.

여자는 남자보다도 익살에 너그러운 듯했습니다. 제가 익살꾼을 연기해도 남자는 언제까지고 킬킬거리지도 않고, 저도 남자 앞에서는 분위기에 젖어 너무 익살을 연기하면 실패한다는 사실을 알고 있으므로 반드시 적당한 선에서 그만두도록 신경 쓰고 있습니다만. 그런데 여자는 적당함을 모르고 언제까지고 계속해서 제게 익살을 요구하고, 저는 끊임없는 앙코르에 답하느라 힘이 다 빠져서 지쳤습니다. 진짜 잘 웃습니다. 여자는 남자보다도 더욱 쾌락에 탐욕스러운 것 같습니다.

제가 중학교 때 신세를 진 그 집의 누나뻘 딸도 동생뻘 딸도 시간만 나면 2층 제 방에 왔고, 저는 그때마다 뛸 듯이 놀라고 벌벌 떨었습니다.

"공부해?"

"아니요."

미소를 지으며 책을 덮었습니다.

"오늘 학교에서 곤보라는 지리 선생님이 말이야."

입에서 술술 흘러나오는 것은 마음에도 없는 우스갯소리였습니다.

"요조, 안경 써봐."

어느 날 밤 동생인 세쓰가 언니인 아네사와 같이 제 방으로 놀러 와서 제게 익살을 무지 떨게 만든 다음 그렇게 말했습니다.

"왜?"

"묻지 말고. 빨리 써봐. 언니, 안경 좀 빌려줘."

언제나 난폭한 명령조로 말했습니다. 익살꾼은 저항하지 않고 아네사의 안경을 받아 썼습니다. 그러자마자 두 젊은 여자는 자지러지게 웃었습니다.

"너무 똑같아. 로이드야, 로이드."

당시 '해럴드 로이드'라는 외국 영화의 희극 배우가 일본에서 인기가 있었습니다.

저는 일어서서 한 손을 들고, "여러분" 하고 운을 떼며, "이번에 일본의 팬 여러분들께……"라고 일장연설을 해 더 많이 웃겼습니다. 그 후 저는 로이드의 영화가 마을 극장에 걸릴 때마다 몰래 보러 가서 그 배우의 표정 등을 연구했습니다.

또 어느 가을밤의 일입니다. 제가 누워서 책을 읽고 있는데 아네사가 갑자기 새처럼 재빠르게 방으로 뛰어 들어와서는 제 이불 위로 쓰러져 울며, "요조, 나 도와줄 거지. 그렇지? 이런 집 차라리 나가버리는 편이 나아. 도와줘. 제발"이라며 엄청난 말을 하고는 또다시 울었습니다. 하지만 저는 여자에게 이런 일을 당하는 것이 처음이 아니었기 때문에 아네사의 과격한 말에도 전혀 놀라지 않았으며, 오히려 진부하고 내용도 없어 흥이 깨진 기분이었습니다. 조심스럽게 이불에서 나와 책상 위의 감을 깎아 한 조각을 아네사에게 건넸습니다. 그러자 아네사는 딸꾹질을 하면서 그 감을 먹고는, "뭐 재미있는 책 없어? 빌려줘"라고 말했습니다.

저는 나쓰메 소세키의 『나는 고양이로소이다』라는 책을 책장에서 골라 주었습니다.

"고마워."

아네사는 쑥스러운 듯 웃으며 방을 나갔습니다. 아네사만이 아니라 도대체 여자가 어떤 기분으로 살고 있는지 생각하는 것은 제게 있어서 지렁이의 마음을 고찰하는 것보다도 어렵고 귀찮고 기괴한 것이었습니다. 하지만 저는 여자가 그렇게 갑자기 울거나 할 때, 뭔가 달콤한 것을 주면 그것을 먹고 기분이 좀 나아진다는 것만은 어릴 때부터 경험상 잘 알고 있었습니다.

둘째딸인 세쓰는 친구들까지 제 방에 데리고 왔습니다. 그러면 저는 공평하게 모두를 웃겼으며 친구들이 돌아가면 세쓰는 반드시 친구들의 험담을 했습니다. 걔는 불량소녀라서 조심하라는 둥 늘 똑같은 말을 했습니다. 그렇다면 데리고 오지 않으면 될 터인데 말입니다. 세쓰 덕분에 제 방을 찾는 손님은 거의 전부가 여자인 상황이 되어버렸습니다.

그러나 다케이치의 입 발린 소리인 "여자가 반할 것이다"가 실현된 일은 결코 없었습니다. 즉 저는 일본의 도호쿠 지방의 해럴드 로이드에 지나지 않았습니다. 다케이치의 무지한 입 발린 말이 꺼림칙한 예언으로 생생하게 살아나서 불길한 형태를 드러낸 것은 그로부터 몇 년이 더 지난 후의 일이었습니다.

다케이치는 제게 또 하나의 중요한 선물을 주었습니다.

"귀신 그림이야."

언젠가 다케이치가 2층 제 방에 놀러 오면서 한 장의 총천연색 잡지 사진을 득의양양하게 가지고 와서는 제게 보여주며 그렇게 설명했습니다.

'아니 이건?' 하고 생각했습니다. 그 순간, 제가 가야 할 길이 결정되었습니다. 시간이 흐른 후 그런 생각이 들었습니다. 저는 알고 있었습니다. 그것은 고흐의 자화상에 지나지 않는다는 사실을. 제가 어렸을 때 일본에서는 이른바 프랑스의 인상파 그림이 엄청나게 유행하고 있어서, 서양화 감상의 첫발을 대체로 인상파에서 시작했으므로 고흐, 고갱, 세잔, 르누아르 등과 같은 사람의 그림은 시골 중학생도 대체로 사진을 통해 알고 있었습니다. 저도 고흐의 컬러판을 꽤 많이 봐서 터치의 맛, 색채의 선명함에 흥미를 가지고 있었으며 취향도 알고 있었습니다만, 그러나 귀신 그림이라고는 단 한 번도 생각해본 적이 없었습니다.

"그럼, 이런 건 어때? 역시 귀신인가?"

저는 책장에서 모딜리아니의 화첩을 꺼내 붉은빛을 머금은 피부의 벌거벗은 나부 그림을 다케이치에게 보여주었습니다.

"엄청나다."

다케이치는 눈을 동그랗게 뜨고서 감탄했습니다.

"지옥의 말 같아."

"역시, 귀신인가?"

"나도, 이런 귀신 그림을 그리고 싶다."

인간에 대한 공포가 지나친 사람이 도리어 더 무서운 요괴를 눈으로 직접 확인하고 싶다고 소원하는 심리, 신경질적이고 쉽게 두려워하는 사람일수록 더 강한 폭풍우를 기원하는 심리, 아~, 이 한 무리의 화가들은 인간이라는 귀신에게 상처를 입고 협박당하던 끝에 결국 환영을 믿어버리고 대낮의 자연 속에서 명확하게 요괴를 본 것이다. 게다가 그들은 그것을 익살 등으로 얼버무리지 않고 보이는 대로 표현하려고 노력했다, 다케이치가 말했듯 과감하고 용기 있게 '귀신 그림'을 그린 것이다. 여기에 미래의, 제 동료가 있다고 생각한 저는 눈물이 날 정도로 흥분해서, "나도 그릴 거야. 귀신 그림 그릴 거야. 지옥의 말을 그릴 거야"라고 무슨 이유에서인지 엄청나게 작은 목소리로 다케이치에게 말했습니다.

저는 초등학교 때부터 그림을 그리는 것도 보는 것도 좋아했습니다. 그러나 제가 그린 그림은 제 글솜씨에 비해 사람들의 평판이 좋지 않았습니다. 저는 원래 인간의 말을 단 한 번도 신용하지 않았으므로 글은 제게 있어서 그저 익살꾼의 인사 같은 것으로 초등학교에 이어 중학교에서도 선생님들을 미친 듯이 기쁘게 만들었습니다. 그러나 저는 전혀 재미있지 않았고 그림은(만화는 제외하고) 대상의 표현이 유치한 아류로 다소 고충을 겪고 있었습니다.

학교 미술 시간에 보여주는 예는 재미없고 선생님조차도 그림을 지나치게 못 그려서 저는 너무나 엉터리지만 스스로 다양한 표현법을 고안해서 이것저것 시험해봐야 했습니다. 중학교에 들어가서는 유화 도구까지 다 갖추고 있었지만 인상파 화풍을 보고 따라 해도 제가 그린 것은 마치 지요가미 사이쿠*처럼 평면적이고 제대로 된 그림이라고 할 수 없을 정도였습니다.

저는 다케이치의 말을 듣고 그때까지의 그림에 대한 마음 자세가 잘못되었다는 점을 깨닫게 되었습니다. 아름답다고 느낀 것을 있는 그대로 아름답게 표현하려고 노력하는 시시함, 어리석음. 대가들은 별 거 아닌 것을 주관적으로

---

* 지요가미로 만드는 일본 전통 종이 공예.

아름답게 창조하거나 흉한 것에 구토를 일으키면서도 그것에 대한 흥미를 감추지 않고 표현의 기쁨에 젖어 있다. 즉 남의 평판은 전혀 상관 않겠다는, 화법의 근원이 되는 비법을 다케이치로부터 전수받아 예의 여자 손님들에게는 비밀로 조금씩 자화상 제작을 해봤습니다.

스스로도 화들짝 놀랄 정도로 어둡고 비참한 그림이 완성되었습니다. 그러나 이것이야말로 가슴속 깊은 곳에 숨기고 또 숨기고 있는 내 정체다. 겉으로는 밝고 쾌활하게 웃고 또 사람을 웃기지만 실은 이렇게 어둡고 우울한 마음을 나는 가지고 있다. 어쩔 수 없다고 몰래 긍정했지만 그 그림은 다케이치 이외에는 아무에게도 보여주지 않았습니다. 제 익살의 밑바닥에 깔린 어두운 비참함을 간파당해 갑자기 쩨쩨하게 경계하게 되는 것도 싫었고, 또 이것을 제 정체라고도 알아차리지 못한 채 새로운 취향의 익살이라고 간주되어 큰 웃음의 씨앗으로 강요당할지도 모른다는 우려도 있었습니다. 그렇게 되는 것이 무엇보다 괴로운 일이었기 때문에 그 그림은 곧장 벽장 속 깊숙이 넣어두었습니다.

또 학교 미술 시간에도 저는 그 '귀신 화풍'은 감추고 지금까지와 변함없이 아름다운 것을 아름답게 그리는, 평범한 화풍으로 그렸습니다.

저는 다케이치에게만은 상처받기 쉬운 제 정신을 거리낌 없이 드러냈습니다. 이번의 자화상도 안심하고 다케이치에게 보여주었고 칭찬도 많이 받고 두 장, 세 장 귀신 그림을 계속 그려서 다케이치로부터 또 하나의, "너는 위대한 그림 쟁이가 될 거야"라는 예언을 들었습니다.

여자들이 제게 반할 거라는 예언과 위대한 그림쟁이가 될 거라는 예언은 바보 다케이치에 의해 제 머리에 각인되었고, 결국 저는 도쿄로 상경했습니다.

저는 미술학교에 들어가고 싶었지만 아버지께서는 전부터 저를 고등학교에 집어넣어 관리로 만들 생각이라고 말을 해왔기 때문에 말대답 한 번 할 수 없는 저는 멍청하게 그 말에 따랐습니다. 4학년이 되면 시험을 보라는 말을 들어온 데다 저도 벚꽃과 바다의 중학교가 슬슬 지루해졌기 때문에, 5학년에 진급하지 않고 4학년이 끝나자 도쿄 고등학교의 입학 시험을 보고 합격해 바로 기숙사에 들어가 생활했습니다.

그런데 곧 그곳 사람들의 불결하고 거칠고 난폭함에 두려움을 느끼고 질려버려 익살을 떨고 말고 할 상황이 아니어서 의사에게 폐침윤 진단서를 부탁해 기숙사에서 나와 우에노 사쿠라기초의 아버지 별장으로 옮겼습니다. 제게는 단체생활이라는 것이 아무래도 불가능했습니다. 게다가 또 청춘의 감격이라든지, 젊은이의 긍지 등과 같은 말은 들으면 오한이 들고 아주, 그 뭐랄까, 하이스쿨 스피릿* 따위는 도저히 감당이 안 됐습니다. 교실도 기숙사도 일그러져버린 성욕의 쓰레기터 같은 느낌마저 들어 제 완벽에 가까운 익살도 거기에서는 아무런 도움도 되지 않았습니다.

아버지는 의회가 없을 때는 한 달에 일주일이나 이주일만 사쿠라기초의 집에 계셨기 때문에 아버지가 안 계실 때는 꽤 넓은 그 집에 별장지기 노부부와 저, 이렇게 세 명뿐으로 저는 때때로 학교를 쉬었지만 그렇다고 해서 도쿄 관광 등을 할 마음도 안 생겨(저는 결국 메이지진구도, 구스노키 마사시게의 동상도, 센가쿠지에 있는 사십칠사의 묘도 보지 않고 도쿄 생활이 끝날 것 같습니다) 집에서 하루 종일 책을 읽거나 그림을 그리거나 했습니다. 아버지가 상경해서 사쿠라기초의 집에 오시면 저는 매일 아침 허겁지겁 등교는 하지만 혼고 센다기에 있는 서양화가 야스다 신타로 상의 그림 교실에 가서 세 시간이고 네 시간이고 계속 데생 연습을 했습니다. 고등학교 기숙사에서 벗어나니 학교 수업에 가도 저는 마치 청강생 같은 특별한 위치에 있는 것 같은, 제 비뚤어진 마음일지도 모르지만 몇 번이나 제 스스로 속이 빤히 들여다보이는 기분이 들어서 한층 더 학교에 가는 것이 내키지 않았습니다. 저는 초등학교, 중학교, 고등학교 내내 애교심

* spirit, 애교심.

44

이라는 것을 이해하지 못한 채 졸업했습니다. 교가 따위를 외워보려고 한 적도 없었습니다.

저는 그림 교실에서 어떤 학생을 통해 술과 담배와 매춘부와 전당포와 좌익사상을 알게 되었습니다. 묘한 구색이지만 그러나 사실이었습니다.

그 학생은 호리키 마사오라는 이름을 가진 도쿄의 서민층이 사는 지역 출신으로 저보다 여섯 살이나 많았으며, 사립 미술학교를 졸업했고, 집에 아틀리에가 없어서 이 그림 교실에 다니며 서양화 공부를 계속하고 있다고 했습니다.

"5엔만 빌려줘."

서로 얼굴만 아는 사이일 뿐으로 그 전까지 단 한마디도 말을 섞은 적이 없었습니다. 저는 당황하면서 얼떨결에 5엔을 내밀었습니다.

"좋았어. 마시자. 내가 한턱 쏘지. 착한 것."

저는 거부하지 못하고 그림 교실 근처의 호라이초의 카페*로 끌려간 것이 그와의 교우 관계의 시작이었습니다.

"전부터 널 유심히 보고 있었지. 그거 그거. 그 수줍어하는 듯한 미소, 그게 유망한 예술가 특유의 표정이야. 사귀게 된 증표로, 건배! 기누 상, 이 녀석 잘생겼지? 반하지 마. 이 녀석이 교실에 오는 바람에 섭섭하게도 난 두 번째로 잘생

* 당시의 카페에서는 술과 요리를 팔았다.

긴 남자가 되었다고."

호리키는 거무스름한 피부에 단정한 생김새를 하고 있으며, 그림 배우는 학생으로서는 드물게 제대로 된 양복을 입고 있지만 넥타이 고르는 취향은 촌스럽고, 머리카락에는 포마드를 발라 가운데 가르마를 타고 있었습니다.

저는 익숙하지 않은 곳이기도 했고 그저 두려워서 팔짱을 꼈다가 풀었다가 수줍은 듯 미소만 짓고 있었습니다만 맥주가 두세 잔 들어가니 묘하게 해방된 것같이 홀가분한 느낌이 들기 시작했습니다.

"저는 미술학교에 들어가고 싶습니다만……."

"지겨워. 그런 덴 재미없어. 학교는 지루하지. 우리들의 선생은 자연 속에 있다! 자연에 대한 정열!"

그러나 저는 그의 말에 대해 존경이라는 감정을 조금도 느끼지 못했습니다. 바보다. 그림도 못 그릴 것이다. 그러나 놀기에는 좋은 상대일지도 모른다는 생각이 들었습니다. 즉 저는 그때 태어나서 처음으로 진정한 도시의 망나니를 본 것입니다. 그는 저와 형태는 다르지만 이 세상의 인간의 삶에서 완전하게 유리되어버려서 어쩔 줄 모르고 있다는 점만은 확실히 저와 같았습니다. 그리고 익살을 의식하지 않고 떠는 데다가, 익살의 비참함을 전혀 알아차리지 못하고 있다는 것은 저와 본질적으로 달랐습니다.

단지 노는 것만이다. 노는 상대로 사귀는 것뿐이다. 늘 그

를 경멸하고 가끔 그와의 교우 관계를 부끄럽게 여기면서
도 그와 함께 다니는 동안 결국 저는 그 남자에게 함락당하
고 말았습니다.

처음에는 이 남자를 좋은 사람, 드물게 보는 좋은 사람이
라고 착각하고 인간에 대한 공포를 가진 전 너무 방심해서
도쿄의 좋은 안내자가 생겼다는 정도로만 생각했습니다.
저는, 실은 혼자서 전철을 타면 차장이 두렵고, 가부키 극장
에 들어가면 붉은 카펫이 깔린 정면 현관의 계단 양쪽에 서
서 안내하는 아가씨들이 두렵고, 레스토랑에 들어가면 제
뒤에 숨죽이고 서서 접시가 비워지기만을 기다리고 있는
웨이터가 두려웠습니다. 더군다나 계산을 할 때의 아~, 어
색한 제 손의 움직임. 저는 물건을 사고 돈을 건넬 때 인색
하게 구는 게 아니라 너무나 긴장되고, 너무나 부끄럽고, 너
무나 불안하고, 공포에 질린 나머지 어지럼증이 생겨서 세
상이 새까맣게 변해 거의 반 광란 상태가 되어버려 값을 깎
기는커녕 거스름돈을 받는 것을 잊는 정도가 아니라, 산 물
건을 가지고 돌아가는 것조차 잊는 일이 종종 있을 정도로
혼자서 도쿄의 거리를 걷지 못하는 바람에 그래서 어쩔 수
없이 하루 종일 집에서 뒹굴거리고 있다는 속사정도 있었
습니다.

그것이 호리키와 같이 다니면서 그에게 지갑을 맡기게
되자 호리키는 대담하게 가격을 후려치고 게다가 잘 논다

고 해야 하나, 적은 돈으로 최대의 효과를 내는 씀씀이까지 발휘하고, 또 비싼 1엔 택시*는 타지 않고 전철, 버스, 증기 배 등으로 이용해 최단 시간에 목적지에 도착하는 수완도 발휘하고, 매춘부의 집에서 아침에 돌아가는 도중에는 무슨무슨 요정에 들러서 목욕까지 하고 따뜻한 두부에 가볍게 술을 한잔하는 것으로 돈을 몇 푼 들이지 않고도 호사스러운 기분이 든다고 살아 있는 교육을 해주거나, 그 외 포장마차의 소고기덮밥, 닭꼬치 등이 싸고 영양이 풍부하다는 설교를 하고, 빨리 취하려면 덴키 블랑**만큼 직방인 게 없다고 보증하고, 좌우지간 계산할 때도 제가 불안, 공포를 느끼게 만든 적도 없었습니다.

호리키와 사귀면서 좋았던 것은 호리키가 듣는 사람의 생각은 아예 무시하고, 이른바 파토스***가 분출되는 대로(파토스란 상대의 입장을 무시하는 것일지도 모릅니다만) 하루 종일 계속 수다를 떨어서 둘이서 걷다가 피곤해서 어색한 침묵에 빠지는 위험스러운 순간이 전혀 없다는 것이었습니다. 사람을 대하다가 그 두려운 침묵이 어느 순간에 나타나는 것을 경계해서 원래는 입이 무거운 제가 선도해서 필사

---

* 거리에 상관없이 1엔 균일 요금 택시. 당시 일류 대학을 졸업한 대졸 초임이 70~100엔 정도였다.
** 도쿄 아사쿠사에 있는 가미야 바의 오너인 가미야 덴베 상이 만든 브랜디를 혼합한 술.
*** pathos, 정열, 비애.

적으로 농담을 해왔습니다만, 지금은 이 호리키 멍청이가 알아서 그 익살꾼 역을 해주고 있어서 저는 대답도 제대로 하지 않고 그저 흘려들으면서 가끔 설마, 라고 말하고 웃으면 그것으로 충분했습니다.

술, 담배, 매춘부, 그것은 모두 인간 공포를 단 한순간이라도 달랠 수 있는 꽤 좋은 수단이라는 사실을 결국 저도 알게 되었습니다. 그 수단을 얻기 위해서 저는 제가 가진 것을 전부 팔아도 후회하지 않을 것 같은 기분조차 들게 되었습니다.

제게는 매춘부라는 것이 인간도 여성도 아닌 백치이거나 미치광이처럼 보여 그 품속에서 저는 오히려 완전히 안심하고 푹 잘 수 있었습니다. 너무 애처로울 정도로 욕심이라는 것이 없었습니다. 그리고 저와 같은 종류의 친밀감이라고 말할 수 있는 것도 느끼는지, 매춘부들은 늘 제가 답답함을 느끼지 않을 정도의 자연스러운 호의만 표시했습니다. 아무 타산도 없는 호의, 억지로 팔지 않는 호의, 두 번 다시 오지 않을지도 모를 사람에 대한 호의, 저는 그 백치인지 미치광이인지 알 수 없는 매춘부들에게서 마리아의 후광을 실제로 본 밤도 있었습니다.

저는 인간에 대한 공포에서 도망쳐 미약한 하룻밤의 휴식을 얻기 위해 그곳으로 갔고, 저와 '같은 종류'의 매춘부들과 노는 동안 저도 모르게 무의식적으로 어떤 불길한 분위기를 늘 풍기게 되었으며, 저는 전혀 의식하지 못했던 이른바 '공짜 부록'이었지만 점점 그 '부록'이 선명하게 표면 위로 떠올라 와서, 호리키에게 그것을 지적당하고 나서야 비로소 경악하고 혐오스러운 기분이 들었습니다. 제3자 입장에서 보면 속된 말로 저는 매춘부에게 여자에 대해 배워서 최근에 여자 다루는 솜씨가 부쩍 좋아졌습니다. 여자 다루는 법은 매춘부에게 배우는 것이 제일 효과적이고 제대로 된 것으로, 이미 저는 '여자를 잘 다루는 자'라는 냄새를 풍기게 되어 여자가(매춘부에 한하지 않고) 본능적으로 그것을 맡고 다가오는, 그런 외설스럽고 불명예스러운 분위기를 '공짜 부록'으로 받았으며, 그것이 제 원래 목적인 저 자신의 정신적 휴식보다도 훨씬 더 중요한 의미를 가지게 되었나 봅니다.

호리키 말의 절반은 겉치레겠지만 억울하게도 짐작이 가는 일이 있습니다. 예를 들어 찻집의 여자로부터 유치한 편지를 받은 기억도 있고, 사쿠라기초 집의 이웃인 장군 댁의 스무 살 정도쯤 되어 보이는 딸이 볼 일도 없어 보이는데 매일 아침 제 등교 시간에 자신의 집 대문 앞에서 옅은 화장을 하고 왔다 갔다 하고, 소고기를 먹으러 가면 제가 아무 말 하지 않아도 그곳 여종업원이 ……또 늘 가는 담뱃가게 집 딸이 직접 건네는 담뱃갑 안에 ……또 가부키를 보러 가서 옆에 앉은 사람에게 ……또 심야 전철에서 제가 취해서 자다가 ……또 생각지도 못한 고향의 친척집 딸에게 마음이 가득 담긴 편지가 오고 ……또 모르는 여자가 제가 집에 없을 때 직접 만든 인형을 ……제가 극도로 소극적이라서 모두 그뿐으로 그저 단편적이고 더 이상의 진전은 하나도 없었습니다만 왠지 여자에게 꿈을 꾸게 해줄 것 같은 분위기가 제 어딘가에 들러붙어 있는 것은 외설스럽다 뭐다 하는 허접한 농담이 아니라 부정할 수 없는 것이었습니다. 저는 호리키 같은 놈에게 지적을 당해서 굴욕에 가까운 쓴맛을 봄과 동시에 매춘부와 노는 것에 대한 흥미도 갑자기 잃었습니다.

　호리키는 또 그 그럴듯해 보이는 모더니티*라도 되는 듯 (호리키의 경우 그 이외의 이유는 지금도 생각할 수 없습니다만) 어느 날 저를 '공산주의 독서회'라는(R. S.라고 했나? 기억이 확실하지 않습니다) 그런 비밀 연구회에 데리고 갔습니다. 호리키 같은 놈에게는 공산주의의 비밀 회합도 예의 '도쿄 안내'의 하나 정도였을지도 모릅니다. 저는 이른바 '동지'에게 소개되고 팸플릿을 한 권 억지로 구입당한 후 상석에 앉은 못생긴 한 청년에게 마르크스 경제학 강의를 받았습니다. 그러나 제게는 그 내용이 너무 뻔했습니다. 인간의 마음에는 더욱 정체를 알 수 없는, 무서운 것이 있다. 욕구, 라

*　modernity, 현대적 감성.

고 하기에도 부족한, 베니티[*], 라고 하기에도 부족한, 색과
욕, 이라고 두 개를 나열해도 부족함이 있는, 저로서도 이해
할 수 없는 뭔가가, 인간 세상의 밑바닥에, 경제만이 아닌
기묘한 괴담 같은 것이 있는 듯했습니다. 그 괴담에 겁먹은
저는 이른바 유물론이 높은 곳에서 낮은 곳으로 물이 흐르
듯 자연스러운 것이라고 수긍하면서도, 그러나 그로 인해
인간에 대한 공포에서 해방되어 푸른 잎을 향해 눈을 뜨고
희망의 기쁨을 느끼는 일 같은 건 불가능했습니다. 하지만
저는 한 번도 결석하지 않고 그 R. S.(라고 했다고 생각합니다
만 틀렸을지도 모릅니다)인지 하는 것에 출석해 '동지'들이
몹시도 중요한 듯 굳은 얼굴로 1 더하기 1처럼 거의 초등학
교 산수 같은 이론 연구에 열심인 것이 너무 웃겨서 견딜 수
가 없는 바람에 예의 제 익살로 회합을 편안하게 만드는 일
에 노력했습니다. 그래서인지 점점 연구회의 답답한 분위
기도 누그러져 저는 그 회합에 없어서는 안 되는 인기인이
라는 위상을 얻어 자리 잡아가는 듯했습니다. 이 단순해 보
이는 사람들은 저를 역시 자신들과 마찬가지로 단순하고
그리고 낙천적인 익살꾼 '동지' 정도로 생각하고 있었을지
도 모릅니다만, 만약 그렇다면 저는 이 사람들을 하나부터
열까지 속이고 있었던 겁니다. 저는 동지가 아니었습니다.

* vanity, 허영.

하지만 회합에 결석하지 않고 늘 출석해서 모두에게 익살 서비스를 해왔습니다.

좋아서 그랬습니다. 저는 그 사람들이 마음에 들었습니다. 그러나 그것은 마르크스로 묶여진 친애감이 아니었습니다.

비합법. 저는 그것이 은근히 즐거웠습니다. 오히려 편했습니다. 세상의 합법이 오히려 두렵고(그것에서는 한없이 강한 것이 느껴집니다) 그 구조를 이해할 수 없어서, 뼛속까지 스며드는 차가움에 떨며 그 방에 앉아 있을 수가 없어서 밖은 비합법의 바다라고 하더라도 그곳으로 뛰어들어 헤엄치다가 결국 죽음에 이르는 편이 저로서는 더 마음이 편할 것 같았습니다.

'음지에 사는 사람'이라는 말이 있습니다. 인간 세상에서 비참한 패자, 악덕한 자를 손가락질하며 하는 말입니다만 저는 태어날 때부터 음지에 사는 사람이기 때문에 세상에서 음지에 사는 사람이라고 손가락질당하고 있는 사람을 만나면 마음이 훈훈해집니다. 그리고 그 '훈훈한 마음'은 스스로도 반할 정도로 아름다웠습니다.

또 '범인 의식'이라는 말도 있습니다. 저는 이 인간 세상에서 평생 그 의식으로 고통스러워하면서도 그것이 저의 조강지처같이 좋은 반려로, 녀석과 둘이서만 쓸쓸하지만 흥겹게 놀고 있다는 것도 제가 인생을 살아가는 마음가짐

중 하나였을지도 모릅니다. 또 일반적으로 뒤가 켕긴다는 의미로 사용하는 '정강이에 상처가 있는 몸'이라는 말도 있다고 합니다만, 그 상처는 제가 아기일 때부터 자연스럽게 정강이에 나타나 오랜 시간에 걸쳐 상처가 치유되는 게 아니라 오히려 깊어지기만 하고 결국 뼈에 도달해 저녁마다 겪는 고통은 천변만화의 지옥이라고 할 수 있습니다. 그러나(이것은 상당히 기묘한 말입니다만) 그 상처는 점점 제 피와 살보다도 친근해져 그 상처의 아픔을, 즉 상처가 살아 있는 느낌 또는 애정이 담긴 속삭임이라고 여기는 그런 남자에게 예의 지하 운동 그룹의 분위기가 이상하게 안심이 되었습니다. 있기 편하고, 즉 그 운동의 본래 목적보다도 그 운동의 분위기가 제게 맞았습니다.

호리키의 경우는 그저 바보짓이라고 놀리며 저를 소개하러 회합에 나왔을 뿐이므로, 마르크스주의 신봉자는 생산 면의 연구와 동시에 소비 면의 시찰도 필요하다는 등 설익은 흰소리나 하며 그 회합에는 전혀 나오지 않고 저를 소비면 시찰로만 꼬드겼습니다. 생각해보면 당시에는 다양한형태의 마르크스주의 신봉자가 있었습니다. 호리키처럼 허영 덩어리 모더니티라고 자칭하는 자도 있으며 또 저처럼 그저 비합법의 냄새가 마음에 들어서 그곳에 눌러앉는 자도 있으나, 만약 실체가 마르크스주의의 진정한 신봉자에게 간파당한다면 호리키도 나도 열화 같은 분노에 당해 비열한 배신자로 취급받아 그 자리에서 쫓겨났을 것입니다. 그러나 저나 호리키조차도 전혀 제명 처분을 당하지 않고, 특히 저는 비합법 세계에서는 합법적인 신사들의 세계보다도 오히려 튼실하고 '건강'하게 행동할 수 있었기 때문에 장래가 촉망되는 '동지'로 웃음이 터질 정도로 과도하게 비밀인 척 멋을 부린 다양한 일을 부탁받게 되는 정도까지 이르렀습니다. 사실 저는 그런 일을 한 번도 거절하지 않고 태연하게 수락했습니다. 이상하게 제대로 안 풀려 개(동지는 경찰을 그렇게 불렀습니다)에게 의심을 받거나 불심검문을 당해서 실패하는 일도 없었으며, 또 사람들을 웃기면서 그들이 위험하다(그 운동을 하는 사람들이 아주 중요한 일인 듯 극도로 경계하고 긴장하며 탐정소설의 어설픈 흉내까지 내면서 제게 부탁하는 일은 실로 한심할 정도로 재미없는 것이었습니다만 그래도 그들은 그 일을 아주 위험한 척하며 허세를 부리고 있었습니다)고 호들갑 떠는 일을 특히 정확하게 처리했습니다. 당시의 제 기분은 당원이라도 되어 검거당해, 예를 들어 평생을 형무소에서 살게 되었다고 해도 상관없었습니다. 세상 속 인간의 '실제 삶'이라는 것을 두려워하면서 매일 밤 불면의 지옥에서 신음하는 것보다는 감옥이 편할지도 모른다고 생각했습니다.

아버지는 사쿠라기초의 별장에서 손님을 맞으려 외출하랴 바빠 같은 집에 살아도 사흘씩 나흘씩 저와 얼굴을 마주

칠 일이 없을 정도였습니다만, 그럼에도 아버지가 귀찮고 두려워서 집을 나가서 어딘가 하숙이라도 할까 생각하면서도 그것을 입 밖에 내지 못하던 차에 아버지가 그 집을 팔려고 한다는 말을 별장지기 노인에게 들었습니다. 아버지의 의원 임기도 슬슬 끝나가고 이런저런 이유가 있을 게 틀림없습니다만, 더 이상 선거에 나갈 마음도 없는 모양인 데다가 고향에 한 채, 은거지를 만든다고 하는 걸로 봐서는 도쿄에 미련도 없는 것 같았습니다. 기껏 해봐야 고등학교 학생에 지나지 않는 저를 위해 저택과 사용인을 그냥 두는 건 쓸데없는 일이라고 생각했는지(아버지 마음도 세상 사람들 마음과 마찬가지로 저는 잘 이해가 안 됩니다) 어쨌든 그 집은 곧 남의 손에 넘어갔고, 저는 혼고 모리가와초의 센유관이라는 낡은 하숙집의 어두컴컴한 방으로 이사했고 순식간에 돈에 쪼들리게 되었습니다.

그전까지 아버지는 매달 일정한 금액을 용돈으로 직접 주셨는데 그건 이삼 일이면 떨어졌지만 담배도 술도 치즈도 과일도 늘 집에 있었고, 책이나 문구, 그 외 옷은 전부 근처 가게에서 이른바 '외상'으로 구입할 수 있었습니다. 호리키에게 소바나 덴푸라덮밥 등을 사줘도 아버지의 후원자인 동네 가게라면 저는 아무 말 않고 그 가게를 나와도 상관없었습니다.

그런데 갑자기 하숙집에서 혼자 살게 되자 어떻게든 매

달 송금되는 돈으로만 살아야 했고 그런 상황이 저는 몹시 당황스러웠습니다. 송금 받은 돈 역시 이삼 일 만에 사라져 버려서 저는 소름이 돋고 불안해서 미칠 것 같아 아버지, 형, 누나에게 교대로 돈을 부탁하는 전보와 사정을 설명하는 편지(그 편지에서 호소하는 사정은 다 익살로 허구였습니다. 남에게 뭔가를 부탁할 때는 먼저 그 사람을 웃기는 것이 상책이라고 생각했습니다)를 잇달아 보내는 한편, 호리키에게 배워서 부지런히 전당포를 드나들기 시작했지만 그래도 늘 돈이 부족했습니다.

어차피 제게는 아무런 연고도 없는 하숙집에 혼자서 '생활'할 능력도 없었습니다. 저는 하숙집 방에 혼자서 틀어박혀 있는 것이 두려웠고, 당장이라도 누군가가 쳐들어와서 한 방 먹일 것 같은 느낌마저 들어서 거리에 나가서는 예의 운동을 돕거나 아니면 호리키와 같이 싸구려 술을 마시며 돌아다니며 학업도 그림 공부도 거의 포기하고 있었습니다. 고등학교에 입학한 지 2년째 되는 11월, 저보다 나이가 많은 유부녀와 정사를 벌인 일이 들켜서 제 처지는 급변했습니다.

학교 결석을 밥 먹듯하고 학과 공부라고는 조금도 하지 않았는데도 이상하게 시험 치는 요령은 좋아서 그때까지는 고향의 가족들을 속일 수 있었습니다만, 출석 일수 부족 등도 있고 학교 쪽에서 몰래 고향의 아버지에게 보고가 갔는지 아버지의 대리로 큰형이 엄중한 문장의 긴 편지를 제게 보내는 상황까지 되었습니다. 그래도 그것보다 직접적인 고통은 돈이 없다는 것과 그리고 예의 운동이 놀이 기분으로는 할 수 없을 정도로 격렬하고 바빠졌다는 것입니다. 제가 중앙지구인지 무슨 지구인지 혼고, 고이시가와, 간다 주변에 있는 학교 전체의 마르크스주의 학생단체의 행동대장이라는 것이 되어 있었습니다. 무장 봉기라는 말을 듣고 작은 나이프를 사서(지금 생각하면 그것은 연필조차 깎을 수도 없는 연약한 칼이었습니다) 그것을 레인코트 주머니에 넣고 여기저기 뛰어다니면서 이른바 '접속'이라는 것을 했습니다. 술을 마시고 푹 자고 싶다. 그러나 돈이 없었습니다. 게다가 P(당을 그렇게 은어로 불렀던 기억이 있습니다만 혹시 다를 수도 있습니다)에서는 잇달아 쉴 틈 없이 일이 떨어졌습니다. 제 병약한 몸으로는 도저히 감당할 수 없는 지경에 이르렀습니다. 원래 비합법에 대한 흥미만으로 그룹을 돕고 있었는데, 그야말로 농담이 사실이 되어 끔찍할 정도로 바빠지자 저는 비밀리에 P사람들에게 착각하지 마라, 당신들의 직계에게 시키라고 말하고 싶어질 정도로 지긋지긋해져서 도망쳤습니다. 도망가도 정말이지 전혀 기분이 좋지 않아서, 그래서 죽기로 했습니다.

그때 제게 특별한 호의를 가지고 있던 여자가 세 명 있었습니다. 한 명은 제가 하숙하고 있는 센유관의 주인집 딸이었습니다. 이 여자는 제가 예의 운동을 돕고 지쳐서 돌아와 밥도 못 먹고 자고 있으면 반드시 메모지와 만년필을 가지고 제 방으로 찾아와서는, "죄송해요. 밑에서는 동생들이 시끄러워서 편지를 쓸 수가 없어요"라며 제 책상에서 뭔가를 한 시간이나 쓰고 있었습니다.

저도 모르는 척하고 자고 있으면 되는데 그 여자가 말을 걸기를 바라는 것 같아서 예의 수동적 봉사 정신을 발휘해, 솔직히 한마디도 하고 싶지 않지만 파김치가 될 정도로 피곤한 몸에 흐음 하고 기합을 넣고 엎드려서 담배를 문 다음 말했습니다.

"여자에게 온 러브레터로 목욕물을 데워서 목욕한 남자가 있다고 하죠."

"어머, 싫다. 당신이죠?"

"밀크를 데워서 먹은 적도 있습니다."

"영광이네요. 마시세요."

빨리 안 가나, 편지라니 속이 너무 빤히 다 들여다보이는구먼. 글자로 사람 얼굴이라도 그리면서 낙서하고 있는 게 틀림없습니다.

"보여줘봐."

죽어도 보기 싫으면서도 그렇게 말하자, 어머, 싫어, 어머머, 싫다고, 라며 기뻐하는 꼴이라니. 참으로 보기 흉하고 환멸을 느꼈습니다. 그래서 저는 심부름이라도 시키자고 생각했습니다.

"미안한데 전철 거리의 약국에서 칼모틴 좀 사다줄래? 너무 피곤한지 얼굴이 후끈거려서 잠을 못 자겠어. 미안해. 돈은······."

"됐어. 돈은 무슨."

주인집 딸은 기뻐하며 일어섰습니다. 심부름이라는 것은 결코 여자를 실망시키는 법이 없으며, 오히려 여자는 남자에게 부탁을 받으면 기뻐한다는 사실도 저는 잘 알고 있었습니다.

또 한 명은 여자고등사범 문과생으로 이른바 '동지'였습니다. 이 사람과는 예의 운동 때문에 싫어도 매일 얼굴을 마주해야 했습니다. 회의가 끝나고 나서도 그 여자는 제게 꼭 붙어서 걷고, 그리고 무턱대고 제게 뭔가를 사주었습니다.

"날 친누나라고 생각해."

그 꼴값에 치를 떨면서도 저는, "그럴게요"라고 우수에 찬 미소를 띠며 대답했습니다. 어쨌든 화내는 건 무섭다. 어떻게 해서든 숨겨야 한다는 마음 하나로 저는 못생기고 싫은 여자에게 봉사하고, 그리고 물건을 사게 하고(사온 걸 보니 센스가 너무 없어서 닭꼬치집 주인장에게 주어버렸습니다) 기뻐하는 표정을 지으며 농담을 해 웃기고, 여름의 어느 날 저녁에는 도대체가 떨어질 생각을 안 해 거리의 어두운 곳에서 제발 돌아가달라는 일념을 담아서 키스를 해주었더니

딱할 정도로 광란 비슷하게 흥분해서 자동차를 부르더니 저를 예의 운동을 위해 비밀리에 빌리고 있는 빌딩의 사무실 같은 좁은 방으로 데리고 가기에 아침까지 한바탕 거나하게 소동을 벌이게 되었습니다. 엄청난 누나라는 생각이 들어 저는 몰래 쓴웃음을 지었습니다.

하숙집의 딸이나 '동지'는 어쩔 수 없이 매일 얼굴을 봐야 하는 상황이라서 지금까지의 다양한 여자들에게 했듯이 도망칠 수도 없고, 그래서 질질 끌다보니 예의 불안한 심리 때문에 두 사람의 기분을 나쁘게 만들지 않으려고 필사적이 되었고, 저는 완전히 속박된 상태가 되어버렸습니다.

같은 시기에 또 저는 긴자의 한 카페 여종업원에게 생각지도 못한 은혜를 입어 딱 한 번 만났을 뿐인데도 그 은혜에 얽매여 역시 어찌할 수도 없는, 걱정이라고 할까 하늘의 무서움을 느꼈습니다.

그즈음 저는 호리키에게 안내를 받지 않더라도 혼자서 전철을 탈 수 있고, 또 가부키 극장에도 갈 수 있고, 또 싸구려 기모노를 입고 카페에도 들어갈 수 있을 정도로 약간의 뻔뻔함을 흉내 낼 수 있게 되었습니다. 마음은, 변함없이, 인간의 자신감과 폭력을 수상히 여기고 두려워하고 고민하면서 겉으로는 조금씩 타인과 진지한 얼굴의 인사, 아니, 아니다. 저는 역시 패배의 익살인 쓸쓸한 웃음을 동반하지 않고는 인사할 수 없는 인간들이지만 어쨌든 자신을 접어두고 갈팡질팡하는 인사라도 할 수 있을 정도의 '수완'을, 예의 운동으로 돌아다닌 덕분? 아니면 여자의? 아니면 술? 주로 금전의 부자유 덕분에 습득하고 있었습니다. 어디에 있어도 무서워서 일부러 큰 카페에서 많은 취객 또는 여종업원, 웨이터들에게 시달리고 섞일 수 있다면 저의 끊임없이 쫓기는 마음도 안정이 되는 게 아닐까 하고 10엔을 들고 긴자의 그 큰 카페로 혼자 들어가서 웃으며 상대를 해주는 여종업원에게, "10엔밖에 없어. 그 정도만 해줘"라고 말했습니다.

"걱정 마세요."

어딘가 간사이 쪽 사투리가 묻어났습니다. 그리고 그 한마디가 기묘하게 저의 떨리는 두려움을 잠재워주었습니다. 아니, 돈 걱정할 필요가 없어져서가 아닙니다. 그 사람이 옆에 있으면 걱정하지 않아도 될 것 같은 느낌이 들었습니다.

저는 술을 마셨습니다. 그 사람 덕에 안심하고 있었으므로 일부로 익살을 연기할 기분도 생기지 않고 제 본성인 말없고 음습한 부분을 숨김없이 보여주며 묵묵히 술을 마셨습니다.

"이런 거 좋아해?"

여자는 다양한 요리를 제 앞에 늘어놓았습니다. 저는 고개를 흔들었습니다.

"술만? 나도 마실래."

가을의, 추운 밤이었습니다. 저는 쓰네코(그랬던 것 같습니다만 기억이 확실하지는 않습니다. 정사 상대의 이름조차 잊어버린 접니다)가 시키는 대로 긴자 뒷골목의 초밥 파는 포장마차에서 조금도 맛있지 않은 초밥을 먹으며(그 사람의 이름은 잊었지만 그때 초밥이 얼마나 맛이 없었는지는 무슨 이유에서인지 확실하게 기억에 남아 있습니다. 그리고 구렁이를 닮은 얼굴을 한 빡빡머리 주인장이 고개를 흔들며 마치 솜씨가 좋다는 듯 초밥을 쥐는 모양새도 눈앞에 보는 듯 선명하게 떠오르고, 나중에 전철인가 어디서 본 듯한 얼굴이라고 이런저런 생각을 하고 뭐야 그때 초밥집 아저씨와 닮았구나 하는 생각이 들어 씁쓸하게 웃음 짓던 일도 몇 번이나 있었을 정도였습니다. 그 사람 이름도 또 얼굴 생김새조차 기억에서 멀어진 지금도 그 초밥집 아저씨의 얼굴만은 그림으로 그릴 수 있을 정도로 정확하게 기억하고 있다는 것은 그때 초밥이 상당히 맛이 없었고 추위와 고통에 떨었기 때문이 아닐까 합니다. 원래 남이 맛있는 초밥 가게라며 절 데려가서 사줘도 맛있다고 느낀 적이 단 한 번도 없었습니다. 초밥이 너무 큽니다. 엄지손가락 정도 크기로 꽉 쥐어줄 수 없을까 늘 생각했습니다) 그 사람을 기다리고 있었습니다.

그 사람은 혼조에 있는 목수의 집 2층에 세 들어 살고 있었습니다. 저는 그 2층에서 평상시의 음울한 마음을 조금도 숨기지 않고 심한 치통을 앓고 있기라도 하는 듯 한 손으로 볼을 받치고 차를 마셨습니다. 저의 그런 태도를 그 사람은

도리어 마음에 들어 했습니다. 그 사람도 주변에 차가운 초
겨울 바람이 불고 낙엽만 미친 듯 춤추고 있는 듯 완전히 고
립된 분위기의 여자였습니다.

함께 쉬면서 그 사람이 저보다 두 살 많다는 것, 고향이
히로시마라는 사실을 알았습니다. 나 남편이 있어. 히로시
마에서 이발소를 하고 있었는데 작년 봄에 같이 도쿄로 도
망쳐 나왔지, 남편은 도쿄에서 제대로 일도 안 하다가 사기
죄로 잡혀서 형무소에 있어, 나는 이것저것 갖다 주러 매일
형무소에 가고 있지만 내일부터 그만둘래, 등등 이야기를
했지만 저는 무슨 이유에서인지 여자의 신상에 관한 이야
기에는 조금도 흥미가 없었습니다. 여자가 이야기를 잘 못
한 탓인지, 즉 이야기의 초점을 어디에 두어야 하는지 몰라
서인지, 어쨌든 저는 마이동풍이었습니다.

울적하다.

저는 여자의 끝없는 신상에 관한 이야기보다도 그 한마
디의 탄식에 공감했음에 틀림없고, 이 세상 여자로부터 한
번도 그 말을 들은 적이 없다는 사실을 깨닫고 이내 기괴하
고도 신기하게 느꼈습니다. 하지만 그 사람은 '울적하다'고
말하지 않았습니다만 무언의 끔찍하리만큼 절실한 울적함
이 몸의 외곽에 한 치 정도 폭의 기류가 감돌고 있어서 그
사람에게 바짝 다가가면 제 몸도 그 기류에 감싸여 제가 가
지고 있는 다소 날카롭고 음울한 기류가 적절히 섞여서 '물

속의 바위에 달라붙은 낙엽'처럼 제 몸은 공포로부터도 불안으로부터도 벗어날 수 있었습니다.

그 백치의 매춘부들의 품속에서 안심하고 푹 잠들었던 느낌과는 전혀 다른(음탕녀들은 밝았습니다), 그 사기죄를 범한 자의 아내와 함께 보낸 하룻밤은 저로서는 행복한(이런 당찮은 말을 전혀 주저하지 않고 긍정적으로 사용하는 것은 이 수기에서 두 번 다시 찾아볼 수 없을 것입니다) 해방감을 맛본 시간이었습니다.

그러나 단 하룻밤이었습니다. 아침에 눈을 뜨고 벌떡 일어나자 저는 원래의 경박함을 가장한 익살꾼이 되어 있었습니다. 겁쟁이는 행복함조차도 두려워합니다. 솜으로도 상처를 입습니다. 행복에 상처를 입게 되는 일도 있습니다. 상처 받기 전에 빨리, 이대로, 헤어지고 싶다고 서둘러, 예의 익살의 연막을 쳤습니다.

"돈이 떨어지면 인연도 끝이라는 건 말야, 그건 말이지, 해석이 반대야. 돈이 떨어지면 여자에게 차인다는 의미가 아니야. 남자에게 돈이 떨어지면 남자는 스스로 의기소침해져서 열등감을 느끼고 웃음소리에도 힘이 없고 그래서 묘하게 비뚤어져. 결국에는 자포자기 심정이 되어 남자 쪽에서 여자를 멀리하고 반미치광이 상태가 되어 내치고 차버린다는 의미지. 『가네자와 대사전』이라는 책에 의하면 그렇다는군. 딱하게도. 나는 그 마음 이해해."

확실히 그런 식의 바보 같은 말로 쓰네코를 웃게 만든 기억이 있습니다. 오래 있으면 안 된다. 걱정이 되어 얼굴도 씻지 않고 재빠르게 철수했습니다만 그때의 제가 말한 '돈이 떨어지면 인연도 끝'이라는 말도 안 되는 허튼소리가 나중에 의외의 관계를 만들었습니다.

그로부터 한 달, 저는 그날 밤의 은인과 만나지 않았습니다. 헤어지고 나서 날이 지날수록 기쁨은 옅어지고 일시적인 은혜가 도리어 왠지 두렵게 느껴져 혼자 심한 속박을 느끼게 되었고, 그 카페의 계산을 그때 전부 쓰네코에게 부담시킨 세상사조차 점차 마음에 걸리기 시작했습니다. 쓰네코도 역시 하숙집 딸이나 그 고등사범 여자와 마찬가지로 저를 협박하기만 하는 여자로 생각되어 멀리 떨어져 있으면서도 끊임없이 쓰네코를 두려워했습니다. 게다가 함께 잔 적이 있는 여자와 다시 만나면 제게 불같이 화를 낼 것 같은 기분이 들고 그것을 견디지 못해 만나기 귀찮아하는 성질이었으므로 결국 긴자를 멀리하게 되었습니다만, 그러나 그 귀찮다는 것은 결코 교활하기 때문이 아니라 여자란 쉴 때의 일과 아침에 일어나서의 일 사이에 하나의 티끌 같은 이어짐도 없으며 완전히 망각해서 멋지게 두 세계를 절단시키는 불가사의한 현상을 일으키는데 제가 그것을 이해하지 못했기 때문이었습니다.

11월 말, 저는 호리키와 간다의 포장마차에서 싸구려 술을 마셨는데 그 나쁜 친구가 포장마차에서 나와서 또 어딘가에서 마시자고, 돈이 없는데 그래도 마시자고 떼를 쓰며 들러붙었습니다. 그때 저는 취해서 대담해졌습니다.

"좋았어. 그럼 꿈의 나라로 데리고 가지. 놀라지 마라. 주지육림이라는…….".

"카페냐?"

"그래."

"가자!"

그렇게 우리 둘은 전철을 탔고 호리키는 그 속에서 촐싹대며 말했습니다.

"나 오늘밤 여자가 너무 고프다. 여종업원한테 키스해도 되냐?"

저는 호리키의 그런 추태가 마음에 들지 않았습니다. 호리키도 그것을 알고 있었으므로 제게 그런 식으로 다짐을 받아두는 것이었습니다.

"잘 들어. 키스는 할 거야. 내 옆에 앉은 여종업원에게 분명 키스해 보이지. 알았냐?"

"난 상관없어."

"고맙다! 여자가 고프다."

긴자 4초메에서 내려서 이른바 주지육림인 큰 카페에 쓰네코만 믿고 거의 무일푼이라고 해도 좋을 정도면서도 비어 있는 간이 룸에 호리키와 마주 앉자마자 쓰네코와 또 한 명의 여종업원이 뛰어 들어와서 또 한 명의 여종업원이 내 옆에, 쓰네코는 호리키 옆에 털썩 주저앉았으므로 나는 깜짝 놀랐습니다. 쓰네코가 곧 키스를 당한다.

아깝다는 기분은 들지 않았습니다. 저는 원래 소유욕이라는 것이 거의 없고, 또 가끔 아깝다는 기분은 아주 약간 들어도 그 소유권을 강하게 주장하면서 싸울 기력도 없었습니다. 나중에 제 내연의 처가 겁탈당하는 것을 묵묵히 보고 있었을 정도였으니까요.

저는 인간의 다툼에서 가능한 떨어져 있고 싶었습니다. 그 소용돌이에 휘말리는 것이 두려웠습니다. 쓰네코와 저는 하룻밤을 같이 보낸 정도의 관계입니다. 쓰네코는 제 것이 아닙니다. 아깝다는 욕구는 제가 가질 수 있는 것이 아닙니다. 하지만 저는 깜짝 놀랐습니다.

제 눈앞에서 호리키에게 맹렬한 키스를 당할 쓰네코가 가엽게 여겨졌기 때문이었습니다. 호리키에게 더럽혀진 쓰네코는 나와 헤어질 것이다. 게다가 나도 쓰네코를 말릴 정도로 긍정적인 열정은 없다. 아아, 그래, 이걸로 끝이구나, 라고 쓰네코의 불행에 한순간 깜짝 놀랐지만 바로 저는 물처럼 순순히 포기하고 호리키와 쓰네코의 얼굴을 번갈아 보며 실실 웃었습니다.

그러나 사태는 실로 생각지도 못한, 더 나쁜 방향으로 전개되었습니다.

"안 할래!"

호리키는 입을 비틀며 말했습니다.

"아무리 그래도 이런 궁상맞은 여자한테는……."

팔짱을 끼고 불쾌하다는 듯 쓰네코를 노려보며 쓴웃음을 지었습니다.

"술 줘. 돈은 없어."

나는 작은 목소리로 쓰네코에게 말했습니다. 술통에 빠지고 싶은 기분이었습니다. 이른바 속물이라는 인간의 눈에도 쓰네코는 취객이 키스할 정도의 가치도 없는 그저 초라하고 궁상스러운 여자였습니다. 뜻밖에도, 의외로, 번개에 맞아 가루가 된 것 같은 느낌이 들었습니다. 저는 처음으로 마시고, 마시고, 술을 마시고, 몸을 가누지 못하고, 취하고, 쓰네코와 얼굴을 마주하고 서로 슬픈 미소를 짓고, 정말이지 그런 말을 듣고 보니 이 여자는 이상하게 피곤에 절어 있고 궁상맞구나 하는 생각이 듦과 동시에 돈 없는 자끼리 사이가 좋다는(빈부의 불화는 진부한 듯해도 역시 드라마의 영원한 테마 중 하나라고 저는 지금도 생각하고 있습니다만) 그 친밀감이 가슴에서 끓어올라 쓰네코가 사랑스럽고 불쌍하였으며 그 순간 태어나서 처음으로 미약하지만 적극적으로 사랑이 제 마음속으로 들어오는 것을 자각했습니다. 토했습니다. 전후의 일은 생각나지 않았습니다. 이렇게 정신을 잃을 정도로 술에 취한 것도 그때가 처음이었습니다.

눈을 뜨자 머리맡에 쓰네코가 앉아 있었습니다. 저는 혼조의 목수네 집 2층에서 자고 있었습니다.

"돈이 떨어지면 인연도 끝이라고 해서 농담인 줄 알았는데 진심이었어? 안 왔잖아. 까다롭기도 해라. 내가 돈 벌어도 싫어?"

"싫어."

그러고 나서 여자도 자고 나서 새벽녘에 일어났을 때 여자 입에서 처음으로 '죽음'이라는 말이 나왔습니다. 여자도 인간살이에 지쳐 있는 듯했고, 저 또한 세상에 대한 공포, 귀찮음, 돈, 예의 운동, 여자, 학업을 생각하니 아주 앞으로 살아갈 수 있을 것 같지도 않고, 그래서 그 사람의 제안에 가벼운 마음으로 동의했습니다.

하지만 그때까지는 아직 '죽자'는 실감도 나지 않았으며 각오가 되어 있지 않았습니다. 어딘가 '놀이 감각'이 숨어 있었습니다.

그날 오전, 둘은 아사쿠사의 환락가를 헤맸습니다. 그러다 찻집에 들어가 우유를 마셨습니다.

"자기, 돈 내."

제가 일어서서 소매에서 동전지갑을 꺼내서 열어보니 동전이 세 개, 부끄럽다기보다 비참한 기분이 덮쳤고 순간적으로 뇌리에 스치는 것이 센유관의 제 방이었습니다. 교복과 이불만이 덩그러니 남아 있을 뿐 더 이상 전당포에 넣을 만한 것도 없는 황량한 방, 그 외에는 제가 지금 입고 있는 싸구려 기모노와 망토, 이것이 내 현실이다. 더 이상 살아갈 수 없다고 확실히 알게 되었습니다.

제가 망설이고 있는데 여자가 일어서더니 제 지갑을 들여다보고 말했습니다.

"어머, 그게 다야?"

무심한 목소리였지만 그것이 또 뼛속까지 울릴 정도로 아팠습니다. 처음으로 제가 사랑한 사람의 목소리라서 더 쓰리고 아팠습니다. 이도 저도 아닌, 동전 세 개는 전혀 돈이 아닙니다. 그것은 지금껏 맛본 적이 없는 기묘한 굴욕이었습니다. 더 이상 살 수 없을 정도의 굴욕이었습니다. 아무래도 그즈음 저는 부잣집 아들이라는 종족에서 완전히 벗어나지 못했던 모양입니다. 그때 저는 자진해서 죽을 결심했습니다.

그날 저녁 저희들은 가마쿠라의 바다에 뛰어들었습니다. 여자는 이 오비*는 가게 친구에게 빌린 오비니까, 라며 오비를 풀고 잘 접어서 바위 위에 두고 저도 망토를 벗어서 같은 곳에 두고 함께 물에 들어갔습니다.

여자는 죽었습니다. 그리고 저만 살았습니다.

제가 고등학교 학생이고, 또 아버지 이름도 다소 뉴스거

---

* 여성용 기모노의 허리 부분을 감싸는 띠.

리가 될 만했는지 신문에도 꽤 크게 보도되었다고 합니다.

저는 해변 근처 병원에 수용되었고, 고향에서 친척인 사람이 혼자 달려와서 이런저런 처리를 한 다음 고향의 아버지를 비롯해 집안사람들이 모두가 격노하고 있고 이제부터 집과 연을 끊게 될지도 모르겠다고 말하고는 돌아갔습니다. 그래도 저는 그런 것보다 죽은 쓰네코가 보고 싶어서 소리 죽여 울기만 했습니다. 정말로 지금까지 만난 사람들 중에서 그 궁상맞은 쓰네코만 좋아했으니까요.

하숙집 딸에게 시가 50개나 적혀 있는 긴 편지가 왔습니다. '살아달라'는 이상한 말로 시작하는 시가 50개였습니다. 또 제 병실에 간호사들이 밝게 웃으며 놀러 와서는 제 손을 꼭 잡고 돌아가기도 했습니다.

그 병원에서 제 왼쪽 폐가 고장 났다는 사실을 발견했습니다. 이것이 엄청나게 제게 유리한 상황으로 발전해 저는 자살방조죄라는 죄명으로 병원에서 경찰로 끌려갔지만 경찰에서는 저를 병자 취급해서 특별히 보호실에 수용했습니다.

한밤중, 보호실의 옆 숙직실에서 자지 않고 저를 지키고 있던 나이 든 경찰이 문을 살짝 열더니, "이봐!"라고 제게 말을 걸고는 "춥지? 이쪽으로 와서 불 좀 쬐게나" 하고 말했습니다.

저는 일부러 맥없이 숙직실로 들어가 의자에 앉아 화롯불을 쬐었습니다.

"역시, 죽은 여자가 보고 싶나 보군."

"네."

더욱더 꺼질 것 같은 목소리로 대답했습니다.

"그게 인정이라는 게다."

그는 점점 더 잘난 척했습니다.

"처음 여자와 관계를 맺는 게 어디야?"

마치 재판관처럼 거드름을 피우며 물었습니다. 그는 저를 아이 취급하며 가을밤의 지루함을 어찌 해보려는 듯, 마치 그 자신이 취조실의 주임이라도 되는 듯, 제게 음담패설 같은 진술을 하게 만들려는 듯했습니다. 저는 재빨리 그것을 눈치채고 터져 나올 뻔한 웃음을 참느라 혼이 났습니다. 경찰의 '비공식적인 심문'은 거부해도 된다는 것을 물론 잘 알고 있었습니다만 가을밤에 흥을 더하기 위해 저는 그 경찰이 취조실의 주임이고 형벌의 경중도 그 경찰에게 달렸다고 굳게 믿고 있는 듯 성심성의껏 그의 음란한 호기심을 약간 만족시켜주는 정도의 적당한 '진술'을 해줬습니다.

"그렇구만. 대충 어떤 내용인지 알았네. 뭐든 솔직하게 대답하면 우리들도 그에 맞게 적당한 조치를 취할 수 있거든."

"고맙습니다. 잘 부탁드립니다."

그야말로 신의 경지라고 불릴 수 있는 연기였습니다. 그리고 저를 위해서는 아무것도, 하나도, 득이 되지 않는 열연이었습니다.

밤이 지나고 저는 서장에게 불려갔습니다. 이번에는 진
짜 취조였습니다.

문을 열고 서장실로 들어가자마자 서장이 말했습니다.

"오~, 잘생겼네. 이건 네가 나쁜 거 아냐. 이건, 잘생긴 남
자를 낳은 네 어머니가 나쁘지."

피부가 거무튀튀하고 좋은 대학을 나온 것 같은 느낌이
드는 젊은 서장이었습니다. 갑자기 그런 말을 듣고 저는 제
얼굴의 반면에 붉은 점이라도 떡 붙어 있는 듯, 흉한 불구자
같은 처참한 기분이 들었습니다.

이 유도인지 검도 선수 같은 서장의 취조는 실로 담백해
서 심야의 늙은 경찰의 비밀스러운, 집요한, 색골 같은 '취
조'와는 천지 차이였습니다. 심문이 끝나고 서장은 검사국
으로 보내는 서류를 작성하면서, "몸을 건사하지 않으면 곤
란해. 혈담이 나온다지?"라고 말했습니다.

그날 아침 이상하게 기침이 나고 기침을 할 때마다 수건
으로 입을 막고 있었습니다만 그 수건에 빨간 우박이 떨어
지는 것같이 피가 묻어 있었습니다. 하지만 그것은 목에서
나온 피가 아니라 어제 저녁 귀 아래에 생긴 작은 염증을 건
드렸는데 그 염증에서 나온 피였습니다. 그러나 저는 사실
을 말하지 않는 편이 나을지도 모른다는 생각이 들어서 그
저, "네"라고 눈을 내리깔고 고마워하는 분위기를 풍기며
대답해두었습니다.

"기소가 될지 어떨지는 검사님이 정하지만 네 신분 보증인에게 전보나 전화로 오늘 요코하마 검사국으로 오라고 연락하는 게 좋겠어. 누가 있나? 보호자나 보증인이 될 만한 사람이."

아버지의 도쿄 별장에 들락거리던 서화 골동상을 운영하고 있는 시부다라고, 저와 같은 고향 사람으로 아버지의 심부름꾼 같은 역할도 하는 땅딸막한 독신의 마흔 살 먹은 남자가 제 학교의 보증인으로 되어 있다는 사실을 떠올렸습니다. 그 남자의 얼굴, 특히 눈매가 넙치를 닮아서 아버지는 늘 그 남자를 넙치라고 불렀습니다. 저도 그렇게 부르는 데 익숙해져 있었습니다.

저는 경찰의 전화부를 빌려 넙치 집 전화번호를 찾아서 넙치에게 요코하마 검사국으로 와달라고 부탁했더니 넙치는 사람이 변한 것같이 거만한 말투였지만 그래도 일단 부탁을 들어줬습니다.

"이봐, 전화기 당장 소독해. 혈담이 나왔다잖아."

제가 보호실로 다시 돌아오고 나서 부하들에게 그렇게 말하는 서장의 목소리가 보호실까지 들렸습니다.

점심시간이 지났을 때쯤, 저는 가는 포승줄에 묶여서 이동하게 되었습니다. 망토로 포승줄을 감추는 것이 허락되었습니다만 포승줄의 끝은 젊은 경찰 둘이 꽉 쥐고서 같이 전철을 타고 요코하마로 향했습니다.

하지만 제게는 일말의 불안감도 없었으며. 경찰서의 보호실도 늙은 경찰도 그립고, 아~, 저는 왜 이럴까요. 죄인으로서 묶이니 도리어 안심이 되고 여유도 생기고 안정이 되는 데다 그때의 추억을 쓰는 지금도 정말 아무것에도 구애받지 않은 즐거움마저 느낍니다.

그러나 그 시기의 그리운 추억 중에도 딱 하나 식은땀이 줄줄 흐르는, 평생 잊을 수 없는 비참한 실수도 있었습니다. 저는 검사국의 어두침침한 방에서 검사에게 간단한 취조를 받았습니다. 검사는 마흔 살 전후의 조용하고(혹시 제가 잘생겼다면 그것은 말하자면 사악함이 묻어나는 얼굴이었음이 틀림없었습니다만 그 검사의 얼굴은 정의로운 외모라고 말하고 싶을 정도로 총명하고 조용하고 평온한 기운마저 감돌았습니다) 고지식하지 않은 성격인 것 같아서 저 역시 전혀 경계하지 않고 멍하게 진술하고 있었습니다만 갑자기 예의 기침이 나와서 저는 주머니에서 손수건을 꺼냈습니다. 그때 피가 눈에 들어와 이 기침이 또 도움이 될지도 모른다는 비열한 꾀가 발동해 쿨럭, 쿨럭 하고 두 번이나 기침을 하고 덤으로 가짜 기침을 과장되게 한 후 손수건으로 입을 틀어막은 채 검사 얼굴을 흘낏 봤습니다. 그 순간, "진짜야?" 하고 검사가 물으며 웃었습니다. 조용한 미소였습니다. 식은땀이 세 말, 아니 지금 생각해도 당황스럽습니다. 중학교 때 그 바보 다케이치에게 거짓, 부렁이라는 말을 듣고 등골이 오싹해지며 지옥에 처박혔던 그때보다도 더 심한 상황이라고 해도 과언이 아닌, 그런 기분이었습니다. 그거와 이거, 이렇게 두 번은 제 인생에서 연기가 실패한 기록입니다. 검사에게 조용히 모멸을 당하는 것보다 저는 10년 형을 선고받는 편이 낫다는 생각이 들 정도의 순간이었습니다.

저는 기소유예 처분을 받았습니다. 그러나 전혀 기쁘지도 않고 세상에서 가장 비참한 기분으로 검사국 대기실의 긴 의자에 앉아 보증인인 넙치가 오는 것을 기다리고 있었습니다.

등 뒤의 높은 창에서 저녁노을이 지는 하늘이 보이고 기러기들이 '여자(女)'라는 글자 모양을 만들며 날고 있었습니다.

세 번째 수기

1.

다케이치의 예언 중 하나는 맞고 하나는 틀렸습니다. 여자가 제게 반한다는 불명예스러운 예언은 맞았습니다만 위대한 화가가 될 것이라는 축복의 예언은 틀렸습니다.

저는 조악한 잡지에나 원고를 싣는, 허접한 무명의 만화가가 되었을 뿐이었습니다.

가마쿠라 사건 때문에 고등학교에서 쫓겨난 저는 넙치네 집 2층의 한 평 남짓한 방에서 틀어박혀 있었습니다. 고향에서는 매달 몇 푼 안 되는 돈을 제게 직접 보내는 것이 아니라 넙치에게 몰래 보내고 있는 것 같았습니다만(게다가 그것은 고향의 형들이 아버지 몰래 보내고 있는 것 같았습니다) 그것뿐으로 그 외에는 고향과의 연락은 완전히 끊어졌고 넙치는 늘 기분이 안 좋은 듯 제가 친한 척 웃어도 웃지 않았습니다. 인간이라는 것이 이리도 쉽게, 그야말로 손바닥을 뒤집듯 변할 수 있는가 하고 비참한, 아니 오히려 해학적으로 여겨질 정도로 넙치의 태도는 예전과 달랐으며, 제게는 오로지 "나가면 안 됩니다. 절대로 나가지 마십시오"라는 말만 했습니다.

넙치는 제가 자살할 우려가 있다고 의심하고 있는 듯, 즉 여자의 뒤를 좇아 다시 바다로 뛰어들거나 할 위험이 있다고 보고 있는 듯, 제 외출을 무슨 일이 있어도 금지하고 있었습니다. 하지만 술도 못 마시고, 담배도 피지 못하고 그저 아침부터 밤까지 2층의 한 평짜리 방에 있는 고타츠에 처박혀서 낡은 잡지 따위나 읽으면서 바보나 다름없는 생활을 하고 있는 제게는 자살할 기력조차 사라져버렸습니다.

넙치의 집은 오쿠보의 의학전문학교 근처에 있었습니다. 서화 골동상, '청룡원'이라는 간판 글자만은 꽤 허세를 부리고 있지만 한 건물에 두 집이 들어가 있는 구조의 한 집으로, 입구도 좁고 가게 안은 먼지투성이로 엉터리 잡동사니만 늘어놓고 있고(원래 넙치는 그 가게의 잡동사니로 장사를 하고 있는 게 아니라 이쪽 소장품을 저쪽 사람에게 소유권을 넘기는 등의 일을 해서 돈을 벌고 있는 듯했습니다), 넙치가 가게를 지키고 있는 일은 거의 없이 대체로 아침부터 심각한 표정을 지으며 허둥지둥 외출했습니다.

가게는 열일고여덟 살의 점원이 혼자서 지키고 있었습니다. 이 점원은 제 지킴이 역할도 겸하고 있었습니다. 한가할 땐 근처 아이들과 밖에서 캐치볼 등을 하고 2층의 군식구를 마치 바보라고 착각하고 있는 듯, 어른의 설교 비슷한 것까지 제게 하곤 했습니다. 저는 다른 사람과 싸우지 못하는 성격이라 어떤 때는 피곤한 듯, 또 어떤 때는 감탄한 듯한 표정을 지으며 그 점원 말에 귀를 기울이고 복종했습니다. 이 점원은 시부다가 밖에서 낳아온 자식으로 무슨 사정인지 시부다가 이른바 자식이라고 밝히지 않고, 또 시부다가 계속 독신이라는 것과도 무슨 관계가 있는 듯했습니다. 예전에 저희 집 사람들로부터 소문을 좀 들은 것 같습니다만 저는 도무지 남의 신상에는 거의 관심이 없는 터라 자세한 사정은 잘 모릅니다. 그러나 그 점원의 눈매도 묘하게 생선의 눈을 연상시키는 부분이 있어서 진짜 넙치가 밖에서 낳은 자식…… 그렇다면 두 사람은 실로 섭섭한 부자지간이었습니다. 저녁 늦게 2층의 제게는 비밀로 하고 둘이서 소바 등을 시켜서 아무 말 없이 먹고 있었습니다.

넙치네 집의 식사는 늘 그 점원이 만들고, 2층의 귀찮은 군식구의 식사는 따로 쟁반에 받쳐서 점원이 하루에 세 번씩 늘 2층까지 가지고 왔고, 넙치와 꼬마는 계단 아래의 음침하고 습기 많고 허름한 방에서 달칵, 덜컥, 탕, 탕, 접시와 그릇이 마주치는 소리를 내면서 바쁘게 밥을 먹었습니다.

3월 말의 어느 날 저녁, 넙치는 생각지도 못한 돈벌이 거리라도 잡았는지, 아니면 뭔가 다른 책략이라도 있는지(그 두 가지의 추측이 다 맞았다고 해도 아마도 저 따위로서는 도저히 상상도 안 되는 작은 원인도 몇 개인가 더 있겠습니다만) 드물게 저를 아래층으로 불러 술까지 내놓고 넙치가 아닌 참치회를 내고서는 혼자 감탄하며 얼뜨기 군식구에게 술을 좀 권하며 말했습니다.

"이제부터 어떻게 할 생각입니까, 이제부터."

저는 그 말에 답하지 못하고 상 위 그릇에서 뱅어포를 집어 들어 작은 생선들의 은색 눈알을 응시하고 있자니 조금씩 취기가 돌기 시작했고, 취기가 도니 놀러 다니던 때가 그리워지며 호리키조차 보고 싶어지고, 마음속에서 스멀스멀 '자유'에 대한 욕구가 고개를 들고 갑자기 마음이 약해져 울음보가 터질 것 같았습니다.

저는 이 집에 오고 나서는 익살을 연기할 의욕조차 사라지고 그저 넙치와 꼬마의 멸시 속에 몸을 맡기고 있었고, 넙치도 저와 터놓고 긴 이야기를 하는 것을 피하고 있는 모양새였기에 저 또한 그런 넙치를 쫓아다니며 뭔가를 호소할 마음이 생기지 않아 멍하니 그저 바보 군식구가 되어 있었습니다.

"기소유예는 전과 몇 범이나 그런 게 안 되는 모양입니다. 그러니까 당신이 마음먹기에 따라 갱생할 수 있습니다. 당신이 만약 마음을 고쳐먹고 먼저 성실하게 내게 상담을 하면 저도 생각해보겠습니다."

넙치의 말하는 방식에는, 아니 세상 모든 사람들의 말하는 방식에는 이렇게 복잡하고 어딘가 흐릿하고 발뺌하려는 듯 미묘한 복잡함이 있으며, 대부분 무익하다고 여길 정도로 엄중한 경계선과 무수하다고 생각될 정도로 귀찮은 꼼수에 저는 늘 당혹스러운 감정을 느꼈고 자포자기 심정이 되어 익살로 숨기거나 또는 무언의 수긍으로 전부 맡겨버리는, 이른바 패배의 태도를 취해버리는 것이었습니다.

이때도 넙치가 제게 다음과 같이 간단하게 보고를 하면 될 일이었다는 것을 저는 나중에 알게 되어 넙치의 불필요한 조심성, 아니 세상 사람들의 이해 불가능한 허세, 말하는 방식에 이루 말할 수 없을 정도로 울적해졌습니다.

넙치는 그때 그저 이렇게 말하면 좋았습니다.

"공립이든 사립이든 일단 4월부터 아무 학교나 들어가십시오. 당신의 생활비는 학교에 들어가면 고향에서 더 보내준다고 합니다."

세월이 많이 지난 후에 알았습니다만, 사실은 그렇게 되어 있었습니다. 그랬다면 저도 그 말에 따랐을 것입니다. 그런데 넙치가 불필요하게 돌려 말하는 바람에 이야기가 묘하게 꼬여서 제 인생도 완전히 바뀌고 말았습니다.

"성실하게 상담할 생각이 없다면 어쩔 수 없습니다만."

"어떤 상담?"

저는 정말 뭘 말하는지 몰랐습니다.

"그건 당신만 알지 않습니까?"

"예를 들면?"

"예를 들면이라니오, 당신, 앞으로 어떻게 할 겁니까?"

"일하는 게 좋습니까?"

"아니, 당신 생각은 도대체 뭡니까?"

"아니, 학교에 들어간다고 해도……."

"그거야 돈이 듭니다. 하지만 문제는 돈이 아닙니다. 당신의 마음입니다."

학비는 고향에서 보내준다고 왜 말 안 했을까요. 그 말 한마디로 제 마음도 정해졌을 텐데 말입니다. 저는 그저 안개 속에 서 있는 거나 마찬가지였습니다.

"어떻습니까? 뭔가, 장래희망이라고 할 만한 것이 있습니까? 도대체, 사람 한 사람 건사하는 게 얼마나 힘든지, 보살핌을 받는 사람은 모르지요."

"죄송합니다."

"진짜 걱정입니다. 하지만 제가 당신의 고향집에 당신을 보살핀다고 한 이상 당신이 이도저도 아닌 마음으로 있기를 원하지 않습니다. 당당하게 갱생의 길을 가겠다는 각오를 보여주었으면 합니다. 예를 들면 당신이 장래의 계획에 대해 제게 진지하게 상담을 요청해온다면 저도 얼마든지 상담을 해줄 생각입니다. 어차피 가난뱅이 넙치가 돕는 거니까 예전처럼 넉넉하게 지내기를 바란다면 큰 오산입니다. 하지만 당신이 마음을 다잡고 장래의 방침도 확실히 세우고 그렇게 해서 제게 상담을 하겠다면 저는 비록 얼마 되지 않은 힘이지만 당신의 갱생을 위해 써볼 생각입니다. 알겠습니까, 제 마음을? 도대체 당신은 이제부터 뭘 어떻게 할 생각입니까?"

"여기 2층에 있을 수 없다면 일해서……."

"진심입니까? 요즘은 제국대학을 나와도……."

"아니, 회사원이 될 생각은 없습니다."

"그럼 뭡니까?"

"화가가 될 겁니다."

큰맘을 먹고 그렇게 말했습니다.

"뭐라고요?"

저는 그때 목을 움츠리고 웃어 젖히던 넙치의 얼굴에서 본, 참으로 교활한 그 표정을 잊을 수 없습니다. 경멸을 닮았지만 그것과는 다른, 세상을 바다에 비유한다면 바다의 헤아릴 길 없이 깊은 곳에서 흔들리고 있는 기묘한 그림자라고나 할까요. 어른들 생활의 제일 밑바닥을 엿보게 만드는 웃음이었습니다.

그런 것으로는 이야기도 뭐도 안 된다. 마음이 제대로 안 잡혔다. 생각해라. 오늘 하룻밤 진지하게 생각하라는 말을 들고 저는 쫓기듯 2층으로 올라가서 누워 있었지만 딱히 아무런 생각도 떠오르지 않았습니다. 그리고 새벽녘에 넙치네 집에서 도망쳤습니다.

> 저녁에 꼭 돌아오겠습니다. 왼쪽에 적은 친구에게 장래의 방침에 대해서 상담하고 오겠습니다. 걱정 마십시오. 진짜입니다.

이렇게 연필로 메모지에 크게 쓰고 나서 호리키 마사오의 아사쿠사 집 주소와 이름을 귀퉁이에 적은 다음 몰래 넙치네 집을 나왔습니다.

넙치에게 설교를 들은 것이 분해서 도망친 게 아니었습니다. 진짜 저는 넙치의 말대로 마음을 확실하게 정하지도 못하는 남자로, 장래의 방침이나 계획 그런 거 전혀 가늠도 되지 않고, 게다가 넙치에게 귀찮은 존재가 되어버린 듯하여 넙치도 불쌍하고, 만에 하나 제게도 의욕이 생겨 뜻을 세운다고 해도 그 갱생 자금을 가난한 넙치로부터 매달 원조 받는다고 생각하니 너무나 답답해서 그냥 있을 수 없었기 때문입니다.

그러나 저는 '장래의 방침'을 호리키 녀석 따위에게 상담하러 가겠다고, 진짜 그렇게 생각하고 넙치네 집을 나온 것은 아니었습니다. 그것은 조금이지만 아주 잠시나마 넙치를 안심시킬 목적으로(그 사이에 제가 조금이라도 멀리 도망가고 싶다는 탐정 소설에나 나오는 책략에서 그런 메모를 남기고 나왔다기보다는, 아니 그런 기분도 약간은 있었음에 틀림없습니다만 그것보다도 갑자기 넙치에게 충격을 주어 그를 혼란스럽고 당황하게 만드는 것이 두려웠다고 하는 편이 다소 정확할지도 모르겠습니다. 어차피 들킬 테니 솔직하게 말하는 것이 두렵고, 반드시 꾸미는 것이 제 애처로운 성격 중 하나로 그것은 세상 사람들이 '거짓말'이라고 부르며 멸시하는 성격을 닮았습니다. 그러나 저는 제가 이익을 보기 위해 그렇게 꾸미는 말을 한 적은 거의 없으며, 단지 분위기가 깨지는 것이 질식할 정도로 두려워서 나중에 제게 불이익이 되는 한이 있더라도 예의 자신의 '필사적인 봉사', 그것이 설령 비뚤어지고 미약해서 바보 같은 것이라고 해도 그 봉사의 마음에서 그만 한마디의 꾸미는 말을 덧붙이는 경우가 많다는 기분이 들기도 합니다. 그러나 그 습관도 세상의 이른바 '정직한 자'들에게 심하게 공격당하는 부분이 되었습니다) 갑자기 기억의 바닥에서 떠오른 호리키의 집주소와 이름을 메모지 귀퉁이에 쓴 것뿐이었습니다.

넙치네를 나와서 신주쿠까지 걸어 품속의 책까지 팔았지만 그러고 나서 뭘 해야 할지 몰랐습니다. 저는 모두에게 붙임성은 좋지만 '우정'이라고 하는 것을 한 번도 실감한 적이 없으며, 호리키같이 노는 친구는 따로 두더라도 모든 관계는 단지 고통으로 기억하고 있을 뿐으로 그 고통을 없애기 위해 열심히 익살꾼을 연기하다가 오히려 제가 지쳐서 떨어져나갔습니다. 얼마 되지 않는 지인의 얼굴을 닮은 사람을 길에서 마주치면 흠칫하고 순간적으로 어지러워질 정도로 불쾌한 전율에 공격당하는 지경이라 남에게 인기는 있어도 사람을 사랑할 능력은 부족했습니다(원래 저는 세상 인간들에게 과연 '사랑'의 능력이 있는지 여부가 상당히 의문이었습니다). 그러한 제게 이른바 '친구'가 있을 리 없고, 게다가 저는 누군가네 집을 '방문'할 능력조차 없었습니다. 타인의 집 대문은 제게 있어서 『신곡』에 나오는 지옥의 문 이상으로 섬뜩하고 그 문 안에는 무서운 용 같은 추악한 괴수가 꿈틀거리고 있다는 느낌을, 과장이 아니라, 실감하고 있었습니다.

친구가 없다. 갈 곳이 없다.

호리키.

그야말로 농담이 진담이 되어버린 꼴이었습니다. 메모에 적은 대로 저는 아사쿠사에 있는 호리키네 집으로 가기로 했습니다. 저는 지금까지 제가 먼저 호리키 집을 간 적은 한 번도 없으며 대체로 전보로 호리키를 제가 있는 곳으로 불렀습니다만 지금은 그 전보료조차 아까운 데다 몰락한 신세라는 삐딱선을 타고 있는 심정이라 전보를 친다고 해도 호리키가 나와주지 않을지도 모른다는 생각이 들었습니다. 그래서 제게 있어서 힘든 일 중 하나인 '방문'을 결의하고 한숨을 쉬며 전철을 탔습니다. 이 세상에 부탁할 곳이 호리키, 단 한 사람뿐이라는 생각이 들자 뭔가 등줄기가 오싹해지는 엄청난 기운이 엄습해왔습니다.

호리키는 집에 있었습니다. 호리키네 집은 더러운 골목 안의 2층집으로 2층 방 한 개, 한 세 평 정도 되는 곳을 호리키가 사용하고 있고 아래층에서는 호리키의 늙은 부모와 젊은 직원 셋이서 신발 끈을 깊거나 두들겨서 만들고 있었습니다.

호리키는 그날 도시인으로서의 새로운 일면을 제게 보여주었습니다. 일반적인 말을 표현하자면 잇속차림이었습니다. 시골 출신인 저는 깜짝 놀라 눈을 크게 뜰 정도로 냉정하고 교활한 에고이즘이었습니다. 저처럼 그저 정처 없이 되는 대로 흘러가는 남자가 아니었습니다.

"네게는 진짜 질렸다. 아버지한테서 용서는 받았냐? 안 받았어?"

도망쳤다고 말할 수 없었습니다.

저는 늘 그렇듯 숨겼습니다. 호리키한테 금방 들킬 게 뻔하지만 얼버무렸습니다.

"그건 어떻게 되겠지."

"야, 웃을 일이 아니야. 충고하지만 바보짓도 이쯤에서 그만둬라. 나는 오늘 볼일이 있어. 요즘 엄청 바빠."

"무슨, 볼일?"

"야, 야, 방석 실 그만 끊어."

저는 이야기하면서 제가 깔고 앉아 있는 방석의 바느질실 인지 장식 끈인지 모서리에 술처럼 달린 것의 실을 손가락 끝으로 가지고 놀다가 무의식적으로 하나씩 툭 잡아당기거 나 하고 있었습니다. 호리키는 자신의 집 물건이라면 방석 의 실 한 올조차도 아깝다는 듯, 부끄러워하는 기색 하나 없 이 눈을 부릅뜨고 저를 노려봤습니다. 생각해보면 호리키는 지금까지 저와 사귀면서 뭐 하나 잃은 게 없었습니다.

호리키의 늙은 어머니가 팥죽 두 그릇을 쟁반에 받쳐서 가지고 왔습니다.

"뭘, 이런 거까지……."

호리키는 진정한 효자인 듯 늙은 어머니를 향해 죄송스 러워하는 말투가 부자연스러울 정도로 정중했습니다.

"죄송합니다. 팥죽입니까? 이 비싼 걸. 이런 거까지 신경 쓰실 필요 없어요. 볼일이 있어서 바로 외출해야 합니다. 아 니요. 모처럼 어머니의 맛있는 팥죽인데, 아깝습니다. 잘 먹 겠습니다. 너도 한 그릇 먹지 그러냐. 어머니가 일부러 만들 어주셨다. 우와~, 이거 진짜 맛있다. 굉장한데."

호리키는 연기가 절대 아닌, 진심으로 기뻐하며 맛있게 먹었습니다. 저도 그것을 먹었습니다만 뜨끈한 물 냄새가 났습니다. 떡을 먹으니 그건 떡이 아니라 정체를 알 수 없는 것이었습니다. 결코 그 빈곤함을 경멸해서가 아니었습니다(저는 그때 그것을 맛없다고 생각하지 않았고 또 늙은 어머니의 마음 씀씀이를 온몸으로 느꼈습니다. 제게는 빈곤에 대한 공포감은 있어도 경멸감은 없었습니다). 그 팥죽과 그리고 그 팥죽을 기뻐하며 먹는 호리키에 의해 저는 도시인의 검소한 본성, 또 안과 밖을 분명하게 구별해서 행동하고 있는 도쿄 사람들의 가정을 있는 그대로 보게 되었습니다. 안도 밖도 구별 없이 그저 인간의 삶로부터 도망치기만 하는 명텅구리만 홀로 남겨진 채로 호리키에게조차 버림받은 것 같은 기분이 들어 당황스러웠고 칠이 벗겨진 젓가락을 놀리며 견딜 수 없는 쓸쓸함과 울적함을 느낀 것에 대해 기록해두고 싶을 뿐입니다.

"미안한데 나 오늘 볼일이 있다."

호리키는 서서 웃옷을 입으며 그렇게 말했습니다.

"나간다. 미안."

그때 호리키를 찾아온 여자가 있었고 그 덕분에 제 상황도 급변했습니다.

호리키는 갑자기 밝아져서 말했습니다.

"아, 죄송합니다. 지금 막 그쪽으로 찾아뵈려던 참이었습니다. 그런데 이 사람이 갑자기 찾아와서, 아니, 신경 쓰지 마십시오. 그럼, 이쪽으로."

상당히 허둥대고 있기에 제가 앉아 있던 방석을 빼서 뒤집어서 내놓자 그것을 뺏더니 다시 뒤집어서 그 여자에게 권했습니다. 방에는 호리키가 깔고 앉은 방석 외에 손님 방석이라곤 단 한 장밖에 없었습니다.

여자는 마르고 키가 컸습니다. 그 방석은 옆에 놓고 입구 가까운 쪽에 앉았습니다.

저는 멍하게 두 사람의 대화를 듣고 있었습니다. 여자는 잡지사의 사람인 듯 호리키에게 그림이 어떻다는 둥, 뭔가를 같이 부탁했는지 그것을 받으러 온 것 같았습니다.

"시간이 별로 없어서요."

"완성되어 있습니다. 훨씬 전에 완성했습니다. 이겁니다."

그때 전보가 왔습니다.

호리키는 그것을 읽고 기분이 좋던 표정이 점점 험악해졌습니다.

"쳇! 너 이거 어떻게 된 거야!"

넙치가 보낸 전보였습니다.

"일단 빨리 돌아가. 내가 널 데려다주면 좋겠지만 나는 지금 그럴 만한 여유가 없어. 가출했으면서 그렇게 느긋한 표정이라니."

"댁이 어디신가요?"

"오쿠보입니다."

대답이 바로 튀어나와 버렸습니다.

"그렇다면 저희 회사 근처네요."

여자는 고슈 지역 출신으로 스물여덟 살이었습니다. 다섯 살짜리 여자아이와 고엔지의 아파트에서 살고 있었습니다. 남편과 사별한 지 3년이 되었다고 했습니다.

"당신은 꽤 고생하며 자란 것 같네요. 눈치도 빠르네요. 불쌍해라."

처음으로 여자에게 빌붙어 사는 남첩 같은 생활을 했습니다. 시즈코(라는 것이 그 여기자의 이름이었습니다)가 신주쿠의 잡지사에 출근하면 저는 시게코라는 다섯 살짜리 여자아이와 둘이서 얌전히 집에 있었습니다. 시게코는 이전까지는 엄마가 없으면 아파트 관리인 방에서 놀았다고 했습니다만 '눈치가 빠른' 아저씨가 놀이 상대로 나타났으므로 무척 기분이 좋아 보였습니다.

일주일 정도 멍하게 저는 그곳에 있었습니다. 아파트 창 바로 근처에 있는 전선에 사람 모양을 한 연이 하나 걸려 있었습니다. 봄의 따뜻한 바람이 불어서 찢어졌지만 그래도 끈질기게 전선에 얽혀서 떨어지지 않고 왠지 고개를 끄덕이고 있거나 해서 저는 그것을 볼 때마다 쓴웃음을 지으며 얼굴을 붉혔습니다. 심지어 꿈에 나타나 가위에 눌리기도 했습니다.

"돈이, 갖고 싶어."

"……얼마나?"

"많이. ……돈이 떨어지면 인연도 끝이라는 건 진짜야."

"바보 같아. 그런 낡아빠진……."

"그래? 하지만 넌 모를 거야. 지금 이대로라면, 나, 도망갈 지도 몰라."

"도대체, 누가 가난한데. 그리고 누가 도망치는데. 이해가 안 돼."

"내가 벌어서, 그 돈으로, 술 아니 담배를 사고 싶어. 그림도 나는, 호리키보다, 훨씬 잘 그리고."

이럴 때 제 머릿속에 자연스럽게 떠오르는 것이 그 중학교 시절에 그린, 다케이치가 이른바 '귀신'이라고 말하던 자화상 몇 장이었습니다. 잃어버린 걸작. 이사를 자주 하는 바람에 잃어버리고 말았습니다만 그것만은 확실히 훌륭한 그림이라고 생각했습니다. 그 후 다양하게 그려봤지만 그 기억 속의 걸작 수준에는 전혀, 절대로, 미치지 못해 저는 늘 가슴이 텅 비어 있는 것 같은 나른한 상실감에 계속 괴로웠습니다.

마시다 만 한 잔의 압생트.

저는 그 영원히 보상받기 어려운 상실감을 그렇게 혼자만 몰래 표현했습니다. 그림 이야기가 나오면 제 눈앞에 마시다 남은 한 잔의 압생트가 아물거리고 제 재능을 믿게 만들고 싶다는 초조감에 몸부림쳤습니다.

"후~, 글쎄. 당신은 진지한 얼굴로 농담하니까 귀여워."

농담이 아니다, 진짜다, 아~, 그 그림을 보여주고 싶다고 번민을 하다가 갑자기 마음을 바꿔 체념하고 말했습니다.

"만화 말인데, 적어도 만화라면 호리키보다는 잘 그려."

얼버무리는 익살스러운 말투 쪽을 오히려 진지하게 받아주었습니다.

"그래. 실은 나도 감탄하고 있었어. 시게코에게 늘 그려주는 만화 말이야, 나도 웃음을 터뜨린다니까. 어때? 우리회사 편집장에게 부탁해줄 수 있는데. 해볼래?"

시즈코의 회사에서는 별로 유명하지 않은 어린이 잡지를 매달 발행하고 있었습니다.

……당신을 보면 대부분의 여자들이 뭔가 해주고 싶어서견딜 수 없을 거야. ……언제나 두려움에 떨면서도 유머스럽지. ……어떤 때는 혼자서 엄청 우울해하는데 그 모습이여자의 마음을 애닲게 만들어.

시즈코가 이런저런 말로 치켜세워도 그것이 남첩의 추잡스러운 특징이라고 생각하면 더더욱 '침울해질 뿐으로' 전혀 의욕이 안 생기고 여자보다도 돈, 특히 시즈코로부터 도망쳐서 자립하고 싶다고 몰래 궁리해보기도 하지만 도리어시즈코에게 점점 의지하게 되어, 넙치네 집을 나온 이후의처리도 전부 이 남자보다 씩씩한 고슈 출신의 여자가 다 해서 저는 더욱 시즈코에 대해서 '기를 펼 수 없는 신세'가 되어버렸습니다.

시즈코의 배려로 넙치, 호리키 그리고 시즈코의 3자 회담이 열렸고, 저는 고향으로부터 절연 상태인 덕분에 시즈코와 '떳떳하게' 동거하게 되었으며 또한 시즈코가 열심히 뛰어다닌 덕분에 제 만화도 예상 외로 돈이 되어 저는 그 돈으로 술과 담배도 샀습니다만 제 불안과 암울함은 더욱 심해질 뿐이었습니다. '침울해지고 더 침울해져서 시즈코의 회사 잡지에 매월 연재하는 만화 『킨타 상과 오타 상의 모험』을 그리다가 갑자기 고향 집이 떠올라 너무 외로운 나머지 펜조차 움직일 수 없게 되어 엎드려서 눈물을 흘린 적도 있었습니다.

그럴 때 그나마 절 구원해주는 사람이 바로 시게코였습니다. 시게코는 그즈음 저를 아무렇지도 않게 "아빠"라고 불렀습니다.

"아빠, 기도하면 하느님이 뭐든지 들어준다는데, 진짜야?"

저야말로 그 기도를 하고 싶다고 생각했습니다.

아~, 제게 냉정한 의지를 주소서. 제게 '인간'의 본질을 알게 하소서. 사람이 사람을 밀어내도 죄가 되지 않게 하소서. 제게 분노의 마스크를 주소서.

"그러~엄. 시게짱 기도라면 뭐든지 들어주실 거야. 하지만 아빠 기도는 안 들어줄 거야."

저는 신조차 두려웠습니다. 신의 사랑은 믿지 않고 오로지 신의 벌만 믿고 있었습니다. 신앙. 그것은 단지 신에게 채찍질을 당하기 위해 신음소리를 내며 심판대로 향하는 것입니다. 지옥은 믿어도 천국의 존재는 도대체 믿을 수가 없었습니다.

"왜?"

"부모님 말씀을 안 들었거든."

"진짜? 아빠는 아주 좋은 사람이라고 다들 그러던데?"

그건, 속이고 있기 때문이다. 이 아파트의 사람들 모두가 제게 호의를 보이는 것을 저도 알고 있었습니다. 그러나 저는 모두를 두려워하고 있고, 두려워하면 할수록 사람들은 저를 좋아하고, 남들이 저를 좋아할수록 두렵고 모두로부터 멀어지고 싶어지는 이 불행한 병을 시게코에게 설명하기란 참으로 어려운 일이었습니다.

"시게짱은 하느님에게 뭘 부탁할 건데?"

저는 눈치채지 못하게 화제를 돌렸습니다.

"시게코는 말이야, 시게코의 진짜 아빠를 갖고 싶어."

가슴이 철렁 내려앉으며 머리가 아찔했습니다. 적. 제가 시게코의 적인지 시게코가 제 적인지 알 수 없었지만 어쨌든 여기에도 저를 위협하는 무서운 어른이 있었습니다, 타인, 이해할 수 없는 타인, 비밀투성이 타인, 시게코의 얼굴이 갑자기 그렇게 보이기 시작했습니다.

시게코만은 아니라고 생각하고 있었는데 역시 이 인간도 '불시에 파리를 쳐 죽이는 소꼬리'를 가지고 있었습니다.

저는 그 이후 시게코조차 두려워해야만 했습니다.

"색마! 있냐?"

호리키가 또 절 찾아오게 되었습니다. 가출한 날에 그렇게나 저를 외롭게 만든 남자인데 그래도 저는 거부하지 못하고 희미하게 미소 지으며 맞았습니다.

"네 만화, 꽤 인기가 있던데. 아마추어에게는 무서운 걸 모르는 똥배짱이란 게 있으니까 이길 재간이 없네. 그런데 방심하지 마라. 데생이 영 아니거든."

선생 같은 태도마저 취했습니다. 제 그 '귀신 그림'을 이 녀석이 본다면 어떤 얼굴을 할까라고 그 전에는 볼 수 없었던 몸부림을 쳤습니다.

"그런 말 하지 마. 꺅 하고 비명이 나온다."

호리키는 점점 더 의기양양해하며 말했습니다.

"처세술의 재능만으로는 언젠가 실력이 드러날 테니까."

처세술의 재능. ……저로서는 진짜 쓴웃음을 짓는 것 외에는 아무것도 할 수 없었습니다. 제가 처세술의 재능이 있다니요! 저처럼 인간을 두려워하고 피하고 얼버무리고 있는 것이 예의 속담 '긁어 부스럼 만들지 말라'는 영리하고 교활한 세상살이에 교훈이 되는 가르침을 따르고 있다고 할 수 있을까요? 아~, 인간은 서로 상대에 대해 아무것도 모른다. 서로 전혀 다르게 보고 있으면서 둘도 없는 친구라고 하고, 평생 그것을 눈치채지 못하고 상대가 죽으면 울고 조사 따위를 읽고 있는 게 아닐까요.

호리키는 어쨌든(시즈코에게 부탁받아 억지로 어쩔 수 없이 하게 된 게 틀림없습니다만) 제 가출 후 뒤처리를 해준 사람으로서 마치 제 갱생의 큰 은인인지 월하노인 같은 태도를 취하며 잘난 척하는 면상을 하고 제게 설교 비슷한 말을 하거나, 또 심야에 취해서 찾아와서 묵거나, 또 5엔(늘 5엔이었습니다)을 빌리러 오거나 했습니다.

"하지만 네 여자 놀음도 이쯤에서 끝이군. 더 이상은 세간의 상식이 용서치 않을 거야."

세간이란, 도대체, 뭡니까. 인간의 복수형입니까. 어디에 그 세간이란 것이 실재합니까. 하지만 무엇보다 강하고, 엄격하고, 두려운 것이라고만 생각하고 지금까지 살아왔습니다만 그러나 호리키에게 그런 말을 듣고 갑자기, "세간이란 건 너 아니냐?"라는 말이 혀끝까지 나왔지만 호리키가 화내는 게 싫어서 다시 집어넣었습니다.

그것은 세간이 용서하지 않는다.

세간이 아니다. 네가 용서하지 않는다는 거 아니냐?

그런 짓 하면 세간으로부터 엄청나게 왕따당할 거다.

세간이 아니라 너겠지.

당장 세간에서 매장당한다.

세간이 아니다. 네가 날 매장하겠지.

너는 네 개인의 두려움, 기괴함, 악랄함, 능구렁이 같은 성격, 요괴할망구 같은 본성을 알아라! 등등 온갖 말이 가슴속에서 바삐 움직이고 있었습니다만 저는 그저 얼굴의 땀을 손수건으로 닦으며, "식은땀, 식은땀"이라고 말하고 미소만 지었을 뿐이었습니다.

하지만 그때 이후 저는 '세간이란 개인이다'라는 사상 비슷한 것을 가지게 되었습니다.

그렇게 세간이란 개인이라고 생각하면서부터 저는 지금까지보다는 다소 제 의지로 움직일 수 있게 되었습니다. 시즈코의 말을 빌리자면 저는 조금 제멋대로가 되고 덜 두려워하게 되었다고 합니다. 또 호리키의 말을 빌리자면 이상하게 구두쇠가 되었다고 합니다. 또 시게코의 말을 빌리자면 시게코를 그다지 귀여워하지 않게 되었다고 합니다.

말도 없고 웃지도 않고 매일매일 시게코를 돌보면서 『긴타 상과 오타 상의 모험』이나 『천하태평 아빠』의 아류작이 분명한 『천하태평 스님』 같은 제가 지었지만 뭔 말인지 도통 알 수 없는 자포자기식 제목의 연재만화 따위를 각 회사의 의뢰(가끔 시즈코 회사가 아닌 곳에서도 의뢰가 오게 되었지만 모두 시즈코 회사보다도 더 하바리거나, 이른바 삼류 출판사로부터의 의뢰가 대부분이었습니다)도 받아 진짜 음울한 기분으로 세월아 네월아(저는 그리는 속도가 무척 늦습니다) 하며 지금은 그저 술값 정도만 벌고 있고, 시즈코가 회사에서 돌아오면 교대하듯 밖으로 나가서 고엔지 역 근처 포장마차나 스탠드바에서 싸고 독한 술을 마신 후 약간 기분이 좋아지면 아파트로 돌아갔습니다.

"보면 볼수록 이상한 얼굴을 하고 있어, 넌. 천하태평 스님 얼굴은 실은 네 자는 얼굴에서 힌트를 얻었지."

"당신 자는 얼굴도 꽤나 늙었어. 마흔 살 먹은 남자처럼."

"네 탓이야. 쪽쪽 다 빨렸어. 물 흐름과 인간의 몸으으으은, 무얼 걱정하나 강가 버드나무우우."

"좀 조용히 해. 빨리 자. 아니면 밥 먹을래?"

시즈코는 침착하게 전혀 절 상대해주지 않았습니다.

"술이라면 마시지. 물의 흐름과 인간의 모오오오옴, 인간의 흐름, 아니다, 물으 흐르음과아아 물의 몸으으으은."

노래를 부르는 동안 시즈코는 제 옷을 벗기고 전 시즈코의 가슴에 이마를 비비대다가 잠들어버리는, 그런 일상이었습니다.

그리하여 그다음 날도 같은 일을 되풀이하고,
어제와 똑같은 관례에 따르면 된다
즉 거칠고 큰 환락을 피하기만 한다면,
자연히 큰 슬픔 또한 찾아오지 않는다
앞길을 막는 방해꾼 돌을
두꺼비는 돌아서 지나간다

우에다 빈[*]이 번역한 기 샤를 크로[**]인가 하는 사람의 시를 발견했을 때 저는 혼자였음에도 얼굴이 불타오르듯 새빨개졌습니다.

두꺼비.

바로 나다. 세간이 용서하든 안 하든 그런 거 필요 없다. 매장하고 안 하고 그런 거 없다. 나는 개보다도 고양이보다도 열등한 동물이다. 두꺼비. 느그적 느그적 움직이고 있을 뿐이다.

음주량이 점점 늘어났습니다. 고엔지 역 부근만이 아니라 신주쿠, 긴자까지 가서 마시고 외박하는 일조차 생겼으며, 단지 '관례'에 따르지 않으려고 바에서 무뢰한의 짓을 하기도 하고 닥치는 대로 키스하기도 하고, 즉 정사 사건 이전의, 아니, 그때보다 더 무절제하고 야비하게 술을 마시게 되었고 돈에 궁해서 시즈코의 옷을 가지고 나가서 전당포에 맡기는 지경에 이르렀습니다.

그 찢어진 사람 모양 연에게 쓴웃음을 지은 지 일 년 이상 지나 벚꽃이 지고 새잎이 돋을 즈음으로, 저는 시즈코의 오비나 속옷을 몰래 가지고 나가 전당포에 맡기고 돈을 만들어 긴자에서 마시고 이틀 연속으로 외박하고 3일째 되는 밤

---

[*] 일본의 평론가, 시인, 번역가이다. 일본에 벨기에 문학이나 프로방스 문학, 상징파나 고답파의 시를 소개했다.

[**] Guy Charles Cros, 프랑스의 시인이다.

에는 몸 상태가 안 좋아서 저도 모르게 발소리를 죽이고 시즈코의 집까지 왔을 때였습니다. 안에서 시즈코와 시게코의 목소리가 들렸습니다.

"왜, 술 마시는 거야?"

"아빠는 말이야, 술을 좋아해서 마시는 게 아니란다. 너무 사람이 좋아서, 그래서……."

"좋은 사람은 술을 마시는 거야?"

"꼭 그런 건 아니지만……."

"아빠, 분명 깜짝 놀랄 거야."

"싫어할지도 몰라. 어머, 상자에서 나와버렸어."

"성질이 급한가봐."

"그런가 보네."

진정으로 행복해하는 시즈코의 낮은 웃음소리가 들렸습니다.

제가 문을 살짝 열고 안을 들여다보자, 흰색 토끼 새끼가 깡충깡충 방 안을 뛰어다니고 엄마와 아이는 그 뒤를 쫓고 있었습니다.

행복하네, 이 사람들은. 나라는 바보가 이 두 사람 사이에 들어가서 당장 둘을 엉망진창으로 만들어버리자. 검소한 행복. 사이좋은 모녀. 행복을, 아아, 만약 하느님이 나 같은 자의 기도라도 들어준다면 단 한 번이라도 좋으니까 기도하겠다.

저는 그곳에서 쭈그리고 앉아서 손이라도 모으고 싶은 심정이었습니다. 살짝 문을 닫고 저는 다시 긴자로 갔고 그 뒤로 두 번 다시 아파트로 돌아가지 않았습니다.

그렇게 해서 교바시 바로 근처의 스탠드바 2층에 저는 또 남첩 같은 처지로 기어들어 갔습니다.

세간. 아무래도 저도 그것을 어렴풋이 알 것 같은 기분이 들었습니다. 개인과 개인의 전쟁으로, 전쟁에서, 그곳에서 이기면 된다. 인간은 결코 인간에게 복종하지 않는다. 노예조차도 노예다운 비굴한 방법으로 되갚아준다. 인간에게는 한판 승부 외에 살아남을 방법이 없다, 대의명분 따위를 주장하지만 노력의 목표는 반드시 개인, 개인을 넘어서 또 개인, 세상의 난해함은 개인의 난해함, 크나큰 바다는 세상이 아니라 개인이다, 라고 세상이라는 큰 바다의 환영에 벌벌 떠는 것에서 다소 해방되어 이전만큼 이런저런 식으로 끝없이 배려하는 짓은 그만두고, 이른바 당장의 필요함에 따라 얼마든지 넉살 좋게 행동하는 방법을 배워 이제는 할 수 있게 되었습니다.

고엔지 아파트를 버리고 와서 교바시 스탠드바의 마담에게, "헤어졌어"라고 말하는 것만으로 충분했습니다. 즉 한판 승부는 결정되었고 그날 저녁부터 저는 충동적으로 그곳의 2층에서 머물게 되었습니다만 그러나 끔찍해야 할 '세간'은 제게 아무 위해도 가하지 않았고, 저 또한 '세간'에 대해서 아무런 변명도 하지 않았습니다. 마담이 그럴 마음이라면 그것으로 되는 것이었습니다.

저는 그 가게의 손님이기도 하고 남편이기도 하고 심부름꾼이기도 하고 친척이기도 하고 주위에서 보면 도대체가 정체를 알 수 없는 존재였는데도 '세간'은 조금도 이상하게 여기지 않고, 그리고 그 가게의 단골들도 저를 요짱, 요짱이라 부르며 너무나 친절하게 대해줬고 술을 마시게 해주었습니다.

저는 세간에 대해 점점 조심성이 사라졌습니다. 세상이라는 곳은 그렇게, 두려운 곳이 아니라고 생각하게 되었습니다. 즉 지금까지의 제 공포심은, 봄바람에는 백일해 균이 몇 십만 개, 공중목욕탕에는 눈병 세균이 몇 십만 개, 이발소에는 대머리가 되는 병균이 몇 십만 개, 철도청의 손잡이에는 옴벌레가 꿈틀꿈틀 대고, 회, 소고기, 돼지고기를 덜 익힌 것에는 촌충의 요충이나 디스토마 어쩌고 하는 알 등이 반드시 숨어 있고, 또 맨발로 걸으면 발바닥에 작은 유리 파편이 들어가 그 파편이 몸속을 마구 돌아다니다가 눈알을 콱 찔러 실명시키는 일도 있다는 이른바 '과학적 미신'에 협박당한 것이나 다름없는 것이었습니다. 몇 십만 개의 세균이 둥둥 떠다니고 있는 것은 '과학적'으로도 맞는 말일 겁니다. 그와 동시에 그 존재를 완전히 묵살하면 저와 전혀 관련이 없어지거나 순식간에 사라져버리는 '과학적 유령'

에 지나지 않다는 것도 저는 알게 되었습니다. 도시락 통에 남은 밥알 세 개, 천만 명이 하루에 세 알씩 남기면 쌀 몇 섬을 쓸데없이 버린다는 것이 된다든지, 하루에 코 푸는 종이를 한 장씩 몇 천만 명이 절약하면 얼마나 많은 펄프가 절약이 된다든지 그런 '과학적 통계'에 제가 얼마나 협박당하고, 밥알을 한 개라도 남길 때마다, 또 코를 풀 때마다, 산처럼 쌓인 쌀, 산처럼 쌓인 펄프를 헛되게 쓰는 것 같은 착각에 빠져 고민하고 중대한 죄를 범하고 있는 것 같아 우울했습니다. 그러나 그것이야말로 '과학의 거짓말' '통계의 거짓말' '숫자의 거짓말'로 밥알 세 개는 모을 수 있는 게 아니며 곱셈과 나눗셈의 응용문제로서도 원시적이고 저능한 테마입니다. 전기가 안 켜진 어두운 변소 구멍에 사람이 몇 번에 한 번 확률로 한쪽 다리가 빠져서 떨어지는가 또는 전철 문과 플랫폼 사이의 틈에 승객이 몇 명이나 다리가 빠지는가, 그런 개연성을 계산하는 것과 동일한 정도로 바보스럽고, 매우 있을 법한 일인 듯하지만 변소 구멍에 잘못 걸터앉아서 다쳤다는 이야기는 한 번도 들은 적이 없고, 그런 가설을 '과학적 사실'로 가르쳐 그것을 완전히 현실로 받아들여 두려워하던 어제까지의 저는 세간이라는 것의 실체에 조금씩 눈뜨게 되었습니다.

　그렇게는 말해도 역시 인간이라는 것은 제게 있어서 여전히 두려운 존재고 가게의 손님과 만나는 것도 술을 컵으로 한 잔 마시고 나서가 아니면 어려웠습니다. 두려운 것을 보고 싶어하는 마음. 그래도 저는 매일 밤 가게에 나가서 아이가 실로 조금 두려워하는 작은 동물을 일부러 꽉 쥐고 마는 것처럼 술에 취해 가게 손님들에게 졸렬한 예술론을 펼쳤습니다.

만화가. 아~, 그러나 저는 큰 기쁨도, 또 큰 슬픔도 없는 무명의 허접한 만화가. 큰 슬픔이 나중에 찾아와도 좋다. 폭풍우같이 큰 기쁨을 원한다며 내심 초조했지만 당시의 기쁨이란 손님과 쓰잘데기 없는 이야기를 나누고 손님에게 술을 얻어 마시는 것뿐이었습니다.

교바시로 와서 이렇게 한심한 생활을 한 지도 벌써 일 년 가까이 되고, 제 만화도 아이 상대의 잡지만이 아니라 역에서 파는 조악하고 외설스러운 잡지에 실리게 되어 저는 '조시 이키타''라는 실없는 필명으로 더럽고 벌거벗은 그림을 그리고 거기에 『루바이야트'''』의 시를 삽입했습니다.

쓸데없는 기도 따위 그만해라
눈물을 흘리게 만드는 것 따위 던져버려라

* '조시'는 정사(情死)로 동반 자살을 의미하며, '이키타'는 '살았다'는 뜻이다.
** Rubaiyat. 원래 '4행 시집'이란 뜻으로, 오마르 하이얌(Omar Khayam)의 시집을 가리키는 데 그치지 않고, 페르시아에는 이 밖에도 이름을 붙인 시집이 적지 않으나, 외국에서는 주로 하이얌의 시를 말하는 것으로 알려졌다.

그래 한잔하자 좋아하는 말만 떠올려라
쓸데없는 배려 따위 잊어버려라

불안과 공포로 사람을 협박하는 녀석들은
스스로 저지른 큰 죄에 떨고
죽은 자의 복수에 대비하려고
스스로 끊임없이 계획을 세운다

불러라, 술 넘치니 내 심장은 기쁨으로 넘치고
오늘 아침 깨어나니 그저 황량하네
기이하다 하룻밤 사이에
이렇게 달라진 이 기분

뒤탈 따위 생각하지 마라
멀리서 울리는 북소리처럼
왠지 그 녀석은 불안하다
방귀 뀐 것까지 일일이 죄로 친다면 어찌 살까

정의가 인생의 지침이라고?
그렇다면 피범벅된 전쟁터에
암살자의 칼끝에
무슨 정의가 깃들어 있다는 거냐?

어디에 가르침의 원리가 있느냐?
무슨 예지의 빛이 있느냐?
아름답고도 끔찍한 것은 세상이니
연약한 사람의 자식은 다 짊어질 수 없을 만큼의 짐을 짊어지고

어떻게도 할 수 없는 정욕의 씨앗이 심어진 탓에
선이다 악이다 죄다 벌이다 하며 저주받을 뿐
어쩌지도 못하고 갈팡질팡할 뿐
눌러 꺾을 힘도 의지도 없는 탓에

어디를 어떻게 방황하고 있었던 거냐
뭐? 비판, 검토, 재인식?
헷, 헛된 꿈을 존재하지 않은 환영을
에헷, 술을 잊었다니 모두 거짓 생각

어떠냐 끝없이 넓은 하늘을 보라
그 가운데 툭 떠 있는 점을
이 지구가 왜 자전하는지 알게 뭐냐
자전, 공전, 반전도 마음대로 하라고

모든 곳에서 더할 수 없이 높은 힘을 느끼고

모든 나라 모든 민족에
동일한 인간성을 발견한
나는 이단자다

모두 성경을 잘못 읽고 있다
아니면 상식도 지혜도 없다
살아 있는 육신의 기쁨을 금하거나 술을 끊거나
됐다 그래 무스타파 나 그런 거 너무나 싫다

그래도 그즈음, 제게 술을 그만 마시라고 하는 처녀가 있었습니다.

"그러면 안 돼요. 매일 낮부터 취해서."

바 건너편에 있는 작은 담배 가게의 열일고여덟 되어 보이는 처녀였습니다. 사람들은 요시짱이라고 불렀고, 흰 피부에 덧니가 있는 아이였습니다. 제가 담배 사러 갈 때마다 웃으며 충고했습니다.

"왜 안 되는데? 왜 나쁜데? 있는 술 마시고 사람의 자식이여 증오를 지워라, 지워라, 지워라고 옛 페르시아 말이 있잖아. 그만하자. 슬픔에 지친 심장에 희망을 가지고 오는 것은 거하게 취하게 만드는 옥배(玉杯)라는 말도 있지. 알아먹나?"

"몰라요."

"이 바보. 키스해버릴 거다."

"해."

조금도 주눅 들지 않고 아랫입술을 쑥 내밉니다.

"바보. 정조 관념이……."

그러나 요시짱의 표정에는 분명 누구에게도 더럽혀지지 않은 처녀의 냄새가 났습니다.

새해에 접어든 어느 엄동설한의 저녁, 저는 취해서 담배를 사러 가다가 담배 가게 앞의 맨홀에 빠져 "요시짱, 도와줘"라고 소리쳤습니다. 요시짱은 저를 끌어올려서 오른쪽 팔 상처도 치료해주며 진지하게, "너무 많이 마셨어요"라고 무표정한 얼굴로 말했습니다.

저는 죽는 것은 괜찮지만 상처가 나서 피를 보고 불구자가 되는 것은 너무 싫었기 때문에 요시짱에게 치료를 받으며 이제 적당히 마셔야겠다는 생각을 했습니다.

"안 마셔. 내일부터. 한 방울도."

"진짜?"

"꼭 끊을 거야. 끊으면 요시짱, 내 마누라 될래?"

마누라는 농담이었습니다.

"모찌."

모찌라는 것은 '물론'이란 말의 약어였습니다. '모보'라고도 하고 '모가'라고도 했습니다. 당시에는 다양한 약어가 유행했습니다.

"좋았어. 새끼손가락 걸자. 꼭 끊을 거야."

그리고 다음 날, 저는 낮부터 마셨습니다.

저녁에 비틀거리며 밖으로 나와서 요시짱 가게 앞에 섰습니다.

"요시짱, 미안, 마셔버렸다."

"어머. 너무 싫다. 취한 척하고."

깜짝 놀랐습니다. 취기가 싹 달아나는 것 같았습니다.

"아니, 진짜야. 진짜 마셨어. 취한 척 안 해."

"놀리지 마. 너무 나빠."

조금도 의심하려고 들지 않았습니다.

"보면 알 거 아냐. 오늘도 낮부터 마셨어. 용서해줘."

"연기 너무 잘하네."

"연기가 아냐. 바보. 키스해버릴 거다."

"해."

"아니, 나는 자격 없어. 마누라로 삼는 것도 포기해야겠어. 얼굴 보라고. 빨갛지? 마신 거 맞지?"

"그거야 저녁노을 때문이잖아. 날 속이려고 하지 마. 어제 약속했는데 뭐. 마실 리가 없잖아. 새끼손가락까지 걸었잖아. 그런데 마셨다니 말도 안 돼. 거짓말, 거짓말. 거짓말."

어두침침한 가게 안에 앉아서 미소를 짓고 있는 요시짱

의 하얀 얼굴, 아~, 더러움을 모르는 버지니티*는 존중받아
야 한다. 나는 지금까지 나보다도 젊은 처녀와 자본 적이 없
다. 결혼하자. 그래서 큰 슬픔이 뒤따라온다 해도 좋다. 폭
풍같이 큰 기쁨을 평생 한 번이라도 좋다. 처녀성의 아름다
움은, 바보 시인의 달콤한 감상의 환상에 지나지 않는다고
생각하고 있었지만 역시 이 세상에 살아서 존재하는구나.
결혼해서 봄이 되면 둘이서 자전거로 아오바의 폭포를 보
러 가자고, 그 자리에서 결심하고 이른바 '한판승부'로 그
꽃을 훔치는 것에 주저하지 않았습니다.

그리고 우리들은 결국 결혼했고 그래서 얻은 기쁨은 그
리 크지 않았습니다만 그 후 찾아온 슬픔은 처참하다는 말
로는 부족할 정도로 실로 상상을 초월할 정도로 컸습니다.
제게 '세간'은 역시 깊이를 알 수 없는 무서운 곳이었습니
다. 결코 한판승부 따위로 뭐든지 다 결정되는, 손쉬운 곳도
아니었습니다.

2.
호리키와 저.

서로 경멸하면서 만나고 그리고 서로 자기 자신을 시시
껄렁한 것으로 만들어간다. 그것이 이 세상의 이른바 '친

* virginity, 처녀성, 순결.

구'라면 저와 호리키의 관계도 '친구'임에 틀림없습니다.

제가 그 교바시에 있는 스탠드바 마담의 의협심에 기대어(여자의 의협심 따위 말의 기묘한 장난입니다만 그러나 제 경험에 따르면 적어도 도심의 남녀는, 남자보다도 여자가 의협심이라고 해야 할 만한 것을 많이 가지고 있습니다. 남자는 대체로 놀라울 정도로 허세 덩어리에 구두쇠였습니다) 그 담배 가게의 요시코를 내연의 아내로 맞아 쓰키지, 스미다가와 강 근처, 2층짜리 목조 아파트의 1층 한 곳을 빌려 둘이서 살고 술은 끊고 저의 천직이 된 만화 일을 열심히 하고, 저녁 식사 후에는 둘이서 영화를 보러 외출하고 돌아오는 길에는 찻집 등에 들어가 또 꽃 화분을 사거나, 아니 그것보다도 저를 진심으로 믿어주고 있는 이 작은 신부의 말을 듣고 동작을 보고 있는 것이 즐거워서 어쩌면 당장이라도 인간다워질 수 있고 비참한 죽음 등을 당하지 않고 지낼 수 있지 않을까 하는 안이한 생각을 어렴풋이 가슴에 간직하려던 찰나 호리키가 또 제 눈앞에 나타났습니다.

"어이! 색마. 응? 철이 좀 든 것 같은 얼굴이네. 오늘은 고엔지 여사님의 심부름으로 왔어."

이렇게 말하더니 갑자기 목소리로 죽이고 멋대로 차를 준비하고 있는 요시코 쪽을 턱으로 가리키며 "괜찮아?" 하고 묻기에, "괜찮아. 뭐든 말해"라고 저는 덤덤하게 대답했습니다.

사실은 요시코는 신뢰의 천재라고 말하고 싶을 정도로 교바시의 마담과의 관계는 물론이고, 제가 가마쿠라에서 일으킨 사건에 대해서 말해도 쓰네코와의 사이를 의심하지 않았는데, 그것은 제가 거짓말을 잘하기 때문이 아니라 가끔은 명확하게 말해도 요시코에게는 그것이 농담으로밖에 들리지 않는 모양이었습니다.

"변함없이 우쭐해 있군. 뭐야, 별 것도 아니잖아. 가끔은 고엔지에 놀러 오라고 하는 전언이야."

잊을 만하면 괴물 새가 날개를 퍼덕거리며 찾아와서 기억의 상처를 부리로 후벼 팠습니다. 순식간에 과거의 수치와 죄의 기억이 눈앞에서 제멋대로 선명하게 전개되더니 으악 하고 소리 지르고 싶을 정도로 공포에 휩싸여 앉아 있을 수 없게 되었습니다.

"마실래?"

제가 물었습니다.

"좋아."

호리키가 대답했습니다.

저와 호리키, 생김새는 둘이 비슷해졌습니다. 똑 닮은 인간 같은 기분이 든 적도 있었습니다. 물론 여기저기 전전하며 값싼 술을 퍼마시며 돌아다닐 때만의 일이었습니다만 어쨌든 둘이 얼굴을 마주하자 점점 동일한 모양의 털을 가진 개로 변해서 눈 오는 날 사람으로 북적거리는 거리를 싸

돌아다니게 되는 상태가 되어버렸습니다.

그날 이후 우리들은 다시 옛 우정을 부활시키려는 듯 교바시의 그 작은 바에도 같이 갔고, 고주망태가 된 두 마리 개는 고엔지 시즈코의 아파트에도 당당하게 찾아가 그곳에서 자고 오는 일까지 발생했습니다.

잊지도, 않았습니다. 아주 더운 여름날 밤이었습니다. 호리키는 저녁 무렵 낡아빠진 유카타를 입고 쓰키지의 제 아파트를 찾아와서 오늘 쓸 데가 있어서 여름옷을 전당포에 넣었는데 그 전당포에서 늙은 어머니께 연락이 가면 어머니 건강이 더 나빠져서 곤란해진다며, 바로 갚을 테니까 일단 돈 좀 빌려달라고 했습니다. 공교롭게도 저도 돈이 없어서 늘 그렇듯 요시코에게 말해 요시코의 옷을 전당포에 잡혀서 돈을 만들어 호리키에게 빌려주고, 그래도 돈이 좀 남아서 그 돈으로 요시코에게 소주를 사 오라고 해서 아파트의 옥상에 올라가서 스미다가와 강에서 가끔 희미하게 불어오는 시궁창 냄새 나는 바람을 맞으며 진짜 구질구질한 피서 겸 술자리를 벌였습니다.

우리들은 그때 희극 명사, 비극 명사 맞추기 게임을 했습니다. 제가 발명한 놀이로 명사에는 남성 명사, 여성 명사, 중성 명사의 구분이 있지만 그와 동시에 희극 명사, 비극 명사의 구분이 있는 게 당연하다, 예를 들어 증기선과 기차는 모두 비극 명사이고 전철과 버스는 모두 희극 명사, 그런 것을 모르는 자는 예술을 논할 가치가 없고 희극에 비극 명사를 한 개라도 끼워 넣는 극작가는 이미 낙제다, 비극도 마찬가지라는 식이었습니다.

"준비됐어? 담배는?"

제가 물었습니다.

"트래.*"

제 말이 떨어지자마자 호리키가 대답했습니다.

"약은?"

"가루약? 알약?"

"주사."

"트래."

"그런가? 호르몬 주사도 있는데."

"아니야. 분명 트래야. 바늘이 중요해. 너 훌륭한 트래야."

"좋았어. 졌다고 하지. 근데 너 약이나 의사는 말이지 의외로 코메**야. 죽음은?"

"코메. 목사도 승려도 그렇잖아."

"잘했어. 그리고 생은 트래지."

"아니야. 그것도 코메."

"아니야. 그러면 뭐든지 다 코메가 되어버리잖아. 그러면

---

*   비극을 의미하는 tragedy의 줄임말. - 저자 주
**   희극을 의미하는 comedy의 줄임말. - 저자 주

하나 더 물어보지. 만화가는? 설마, 코메라고 하진 않겠지?"

"트래. 트래. 대비극의 명사!"

"뭐야. 대비극은 너야."

이런 실없는 말놀이가 되어버리면 지루하지만 우리들은 그 놀이를 세상의 어느 살롱에도 절대 존재하지 않은, 대단히 세련된 놀이라고 자랑스러워했습니다.

또 하나 더, 당시에 이와 비슷한 놀이를 제가 만들고 말았습니다. 그것은 반의어(안토) 맞히기였습니다. 검정의 안토*는 하양. 하지만 하양의 안토는 빨강. 빨강의 안토는 검정.

"꽃의 안토는?"

제가 묻자 호리키는 입술을 일그러뜨리며 잠시 생각하다가 대답했습니다.

"그러니까, 꽃과 달이라는 요릿집이 있으니까 달."

"아냐. 그건 안토가 아니잖아. 오히려 동의어잖아. 별과 제비꽃도 심너**잖아. 안토 아니야."

"알았어. 그럼 벌."

"벌?"

"모란꽃에…… 개미인가?"

"뭐야. 그건 모티브잖아. 대충 얼버무리면 안 돼."

---

* 　반의어를 의미하는 antonym의 줄임말. - 저자 주

** 　동의어를 의미하는 synonym의 줄임말. - 저자 주

"알았어! 꽃에 떼구름……."

"달에 떼구름이지."

"맞다, 맞아. 꽃에 바람. 바람이다. 꽃의 안토는 바람."

"못하네. 그건 창에 나오는 거잖아. 출신을 알 만하군."

"아냐, 비파야."

"더 아니지. 꽃의 안토는 말이야……이 세상에 가장 꽃답
지 않은 것, 그것을 들어야지."

"그러니까 그…… 기다려 뭐야, 여자냐?"

"덤으로 여자의 심너는?"

"창자."

"넌 아무래도 시를 너무 몰라. 그럼 창자의 안토는?"

"우유."

"이건 좀 좋네. 이 분위기를 이어서 하나 더. 수치, 온트
(honte)의 안토는?"

"철면피. 인기 만화가 조시 이키타."

"호리키 마사오는?"

이즈음부터 둘을 점점 웃을 수 없게 되어버렸습니다. 소
주로 취했을 때 특유의, 유리 파편이 머리에 충만해지는 듯
한 음울한 기분이 되었습니다.

"건방진 말 하지 마. 나는 아직 너처럼 포승줄의 치욕은
안 겪었어."

흠칫했습니다. 호리키는 내심 나를 진정한 인간으로 취

급하고 있지 않았다. 나를 그저 죽지 못한, 수치를 모르는, 바보 같은 것, 이른바 '살아 있는 시체'라고밖에 생각하지 않고 자신의 쾌락을 위해 나를 이용할 수 있을 만큼 이용한다. 그 정도만큼의 '교우 관계'였다는 사실을 알고 정말이지 기분이 언짢았습니다. 그러나 호리키가 저를 그렇게 보고 있는 것도 당연했습니다. 저는 옛날부터 인간의 자격이 없는 아이였고 호리키에게조차 경멸당하는 것도 당연한 것일지도 모른다고 다시 마음을 고쳐먹고, "죄. 죄의 안토는 뭐지? 이건 어려워"라고 아무렇지도 않은 표정을 가장하며 말했습니다.

"법률."

호리키가 덤덤하게 대답했으므로 저는 호리키의 얼굴을 다시 쳐다봤습니다. 근처 빌딩의 껌뻑거리는 네온사인의 붉은 불빛을 받아 호리키의 얼굴은 귀신 형사처럼 위엄 있어 보였습니다. 저는 진심으로 기가 막혔습니다.

"죄라는 건 너, 그런 게 아니야."

죄의 반의어가 법률이라니! 그러나 세상 사람들은 다들 그 정도로 간단하게 생각하고 깨끗하게 살고 있을지도 모릅니다. 형사가 없는 곳이야말로 죄가 꿈틀대고 있다고.

"그럼 이건 어때. 신은? 너는 어딘가 기독교 신자 같은 구석이 있으니까. 아니, 분위기지."

"뭐 그렇게 쉽게 타협하지 마. 둘이서 좀 더 생각해보자.

이건 재미있는 테마잖아. 이 테마에 대한 답은 하나야. 그 사람의 모든 것을 알 수 있을 것 같은 기분이 들어."

"설마. …… 죄의 안토는 선. 선량한 시민. 즉 나 같은 사람이지."

"농담은 그만해. 하지만 선은 악의 안토야. 죄의 안토가 아니야."

"악은 죄와 다르나?"

"다르다고 생각해. 선악의 개념은 인간이 만든 것이지. 인간이 멋대로 만든 도덕 말이야."

"뭐가 그렇게 까다로워. 그럼 역시 신이지. 신, 신. 뭐든지 신으로 해두면 틀림없지. 배고파."

"지금 아래에서 요시코가 잠두콩 삶고 있어."

"고맙네. 내가 좋아하는 건데."

저는 그렇게 말하고는 양손을 머리 뒤로 깍지를 끼고 벌러덩 드러누웠습니다.

"넌 죄에 대해 별로 흥미가 없나 보네."

"그거야 그렇지. 너처럼 죄인이 아니니까. 나는 도락은 해도 여자를 죽이거나 여자에게 돈을 뜯어내거나 하진 않아."

죽인 게 아니다, 뜯어낸 것도 아니다, 라고 마음속 어딘가에서 작지만 필사적으로 저항하는 목소리가 들끓고 있었지만 또다시 아니 제가 나쁜 거라고 바로 마음을 고쳐먹고 마는 이 버릇.

저로서는 도저히 대놓고 말할 수 없었습니다. 소주의 음울한 취기 때문에 기분이 점점 험악해지는 것을 열심히 억누르고 거의 혼잣말로 말했습니다.

"감옥에 들어가는 것만이 죄는 아니야. 죄의 안토를 알면 죄의 실체도 알게 될 것 같거든. ……신, ……구원, ……사랑, ……빛, ……그러나 신에게는 사탄이라는 안토가 있고, 구원의 안토는 고뇌고, 사랑에는 증오, 빛에는 어둠이라는 안토가 있고, 선에는 악, 죄와 기도, 죄와 후회, 죄와 고백, 죄와…… 아~ 다 심너다. 죄의 반의어는 도대체 뭐지?"

"죄*의 반의어는 꿀**이지. 꿀 같은 달콤함. 배고프다. 먹을 거 가져와."

"네가 가져와!"

저는 태어나서 처음이라고 말해도 좋을 정도로 격렬한 분노에 휩싸여 소리를 지르고 말았습니다.

"알았다고. 그럼 내려가서 요시짱과 둘이서 죄를 범하고 오지. 토론보다는 현지답사가 확실하지. 죄의 안토는 미쓰콩이 아니라 잠두콩인가."

거의 혀도 안 돌아갈 정도로 취해 있었습니다.

"멋대로 해. 가!"

---

* 죄. 'ツ ミ. '쓰미'라고 읽는다.

** 꿀. ミ ツ. '미쓰'라고 읽는다.

"죄와 공복, 공복과 잠두콩, 호~ 이것은 심녀인가."

호리키는 말도 안 되는 소리를 지껄이면서 일어났습니다.

죄와 벌. 도스토예프스키. 갑자기 그것이 머리 한쪽을 희미하게 스쳐 지나가자 퍼뜩 생각이 났습니다. 어쩌면 그 도스토예프스키가 죄와 벌을 심녀라고 생각하지 않고 안토로 나열한 것이라면? 죄와 벌, 절대로 서로 통하지 않는 것, 얼음과 숯, 서로 양립할 수 없는 것. 죄와 벌을 안토로 생각한 도스토예프스키의 해감, 썩은 연못, 헝클어진 실타래의 깊은 곳 ……아~ 알 것 같다, 아니, 아직…… 등등이 머릿속에서 주마등이 되어 빙빙 돌고 있을 때였습니다.

"야! 엄청난 잠두콩이다. 와!"

호리키의 목소리도 얼굴빛도 변해 있었습니다. 호리키는 지금 막 후들거리며 일어나서 아래층에 갔다고 생각했는데 다시 온 것입니다.

"뭐야."

이상하게 살기등등해진 우리들은 옥상에서 2층으로 내려갔습니다. 그리고 다시 2층에서 계단 아래에 있는 집으로 내려가는 계단 도중에 호리키가 멈춰 서더니, "봐!"라고 작은 소리로 말하며 손가락으로 가리켰습니다.

우리 집의 위쪽에 있는 작은 창문이 열려 있었습니다. 거기서 방 안이 보였습니다. 전깃불은 켜진 채였고 동물이 두 마리 있었습니다.

저는 머리가 빙빙 돌면서 이 또한 인간의 모습이다, 이 또한 인간의 모습이다, 놀랄 일이 아니다 등등을 가빠진 호흡과 동시에 가슴속으로 중얼거리며 요시코를 구하는 것도 잊고 계단에 우두커니 서 있었습니다.

호리키는 큰 기침을 했습니다. 저는 혼자 도망치듯 다시 옥상으로 뛰어 올라가 누워서 비를 품은 여름 저녁 하늘을 올려다봤습니다. 그때 저를 덮친 감정은 분노도 아니고, 혐오도 아니고, 또 슬픔도 아니고 엄청난 공포였습니다. 그것도 묘지의 유령에 대한 공포가 아니라 신사의 거목 사이에서 새하얀 옷을 입은 신령스러운 뭔가를 만났을 때 느끼는 것일지도 모르는, 이러쿵저러쿵 말 못하게 하는 매우 난폭한 고대의 공포감이었습니다. 저는 그날 저녁부터 흰머리가 나기 시작했고 모든 것에 대한 자신감을 잃었고, 결국에는 사람을 끊임없이 의심하고 이 세상의 활동에 대한 조금의 기대, 기쁨, 공명 등에서 영원히 멀어지게 되었습니다. 그것은 제 생애에 결정적인 사건이었습니다. 제 미간은 한 중간에서 갈라지고, 그렇게 해서 그 이후로 그때의 상처는 어떤 인간이든 접근할 때마다 아팠습니다.

"동정은 가지만 너도 이것으로 조금은 알았겠지. 더 이상 두 번 다시 여기 안 온다. 지옥이다. ……하지만 요시짱은 용서해줘라. 너도 어차피 제대로 된 녀석이 아니잖아. 나, 간다."

분위기가 거북한 곳에 오래 있을 정도로 호리키는 바보가 아니었습니다.

저는 일어나서 혼자 소주를 마시고 그리고 끄억끄억 소리 내며 울었습니다. 얼마든지, 얼마든지 울 수 있었습니다.

등 뒤에 요시코가 잠두콩을 산처럼 가득 든 접시를 들고 망연자실하게 서 있었습니다.

"아무 짓도, 안 한다고 해서……."

"됐어. 아무 말도 하지 마. 너는 사람을 의심할 줄 몰랐어. 앉아. 콩 먹자."

나란히 앉아서 콩을 먹었습니다. 바보, 신뢰는 죄냐? 상대 남자는 제게 만화를 그리게 하고서는 되지도 않은 돈을 아까워하며 쥐어주고 가는 서른 살 전후의 몸집 작은 무식한 장사치였습니다.

그 장사치도 그 후로는 찾아오지 않았습니다만 제게는 왠지 그 장사치에 대한 증오보다도 처음에 발견한 그때 바로 큰 기침을 하지도 않고 아무것도 안 하고 그냥 제게 알리러 다시 옥상으로 되돌아온 호리키에 대한 증오와 분노가 저녁에 잠을 잘 수 없을 정도 불끈불끈 솟아올라 고통스러웠습니다.

용서할 것도, 용서하지 않을 것도 없습니다. 요시코는 신뢰의 천재이니까요. 사람을 의심할 줄 몰랐습니다. 그러나 그로 인한 비참함.

신에게 묻는다. 신뢰는 죄인가?

요시코가 더럽혀진 것보다도 요시코의 신뢰가 더럽혀진 것이 제게는 살 수 없을 정도로 고뇌의 씨앗이 되었습니다. 저처럼 추잡하고 두려워서 벌벌 떨며 남의 기분만 살피기만 하고 사람을 믿는 능력에 금이 가버린 자로서는 요시코의 때 묻지 않은 신뢰야말로 아오바의 폭포처럼 신선했습니다. 그것이 하룻밤 사이에 누르뎅뎅한 더러운 물로 변하고 말았습니다. 그렇습니다. 요시코는 그날 밤부터 제 안색만 살피게 되었습니다.

"어이"라고 부르면 깜짝 놀라서 어디에 눈을 둘지 몰라 했습니다. 아무리 제가 웃기려고 해도 익살을 떨어도 불안해하고 깜짝깜짝 놀라고 결국에는 제게 존댓말을 사용하게 되었습니다.

과연 때 묻지 않은 신뢰는 죄의 원천인가?

저는 유부녀가 당한 이야기가 실린 책을 몇 권이나 찾아서 읽어봤습니다. 하지만 요시코 정도로 비참하게 당한 여자는 한 명도 없었습니다. 이건 뭐 이야깃거리도 뭐도 되지 않습니다. 그 작은 쫌생이 장사치와 요시코 사이에 약간이라도 사랑 비슷한 감정이라도 있다면 오히려 마음이 편할지도 모르겠습니다만 단지 여름 저녁에 요시코가 신뢰해서 그리고 그 단 한 번, 게다가 그 때문에 제 미간은 한중간에서 갈라지고 목은 쉬었고 흰머리가 나기 시작했고 요시코는 평생 벌벌 떨어야 합니다. 대부분의 이야기는 그 아내의 '행위'를 남편이 용서할 것인지 아닌지, 거기에 중점을 두고 있는 듯했지만 그것은 제게 있어서 중대하고 고통스러운 문제가 아닌 듯했습니다. 용서한다, 용서 안 한다. 그런 권리를 가지고 있는 남편은 행복할까. 도저히 용서할 수 없는 일이 일어났다면 그렇게 난리법석을 떨 필요도 없고 재빠르게 아내와 이혼하고 새 아내를 맞이하면 될 것 아닌가. 그것이 안 된다면 이른바 '용서하고' 참고 어쨌든 남편의 기분 하나로 모든 것이 해결된다는 생각조차 들었습니다. 즉 그러한 사건은 대체로 남편에게 큰 충격이라 해도 그건 '충격'일 뿐 영원히 끝나지 않고 밀려왔다 쓸려가는 파도와 다르며, 권리를 가진 남편의 분노는 어떻게든 처리 가능한 문제처럼 저는 생각되었습니다. 하지만 우리들의 경우에는 남편에게 아무런 권리도 없고 뭐든지 제가 잘못한 기분이 들어 분노가 아니라 한마디도 꾸짖지 못하고, 또 아내는 가지고 있던 소중한 아름다움을 유린당했습니다. 게다가 그 아름다움은 남편이 전부터 동경하는 때 묻지 않은 신뢰라는 참을 수 없이 가련한 것이었습니다.

때 묻지 않은 신뢰는 죄인가?

유일한 매력인 선천적 아름다움조차 의혹에 휩싸이게 되어 저는 더 이상 뭐가 뭔지 알 수 없게 되었고 결국 술만 찾았습니다. 제 얼굴은 극도로 추악해지고 아침부터 소주를 마셨고 이빨은 다 빠지고 만화도 거의 외설스러운 것만 그리게 되었습니다. 아니, 확실하게 말하겠습니다. 저는 그즈음부터 춘화 모사를 그려서 밀매했습니다. 소주 살 돈이 필요했습니다. 늘 제 시선을 피하고 벌벌 떨고 있는 요시코를 보면서 이 년은 경계심이라고는 것을 전혀 모르는 여자니까 그 장사치하고도 한 번이 아닌 게 아닌가. 또 호리키는? 아니 어쩌면 내가 모르는 사람과도? 의심은 의심을 낳고 그렇다고 해서 마음먹고 그것을 따지고 물을 만큼 남자다움도 없고 예의 불안과 공포에 괴로워하며 몸부림치는 마음으로 그저 소주를 마시고 취하고 약간 비굴한 유도 심문 비슷한 것을 두려워하면서 툭 던져보고서는 내심 바보같이 일희일비하고 겉으로는 마구잡이로 익살을 떨고 그리고 요시코에게 지옥 같은 엽기적 애무를 베풀고 나서 볼썽사납게 곯아떨어졌습니다.

그해의 연말, 저는 저녁 늦게 만취가 되어 돌아와서 설탕물을 마시고 싶었습니다. 요시코가 잠들어 있는 것 같아서 알아서 설탕 단지를 꺼내 뚜껑을 열어보니 설탕은 하나도 안 들어 있고 검고 긴 종이 상자가 들어 있었습니다. 아무 생각 없이 집어서 그 상자에 붙어진 상표를 보고 깜짝 놀랐습니다. 그 상표는 손톱으로 절반 이상 찢겨져 있었습니다만 서양 글자 부분은 남아 있어서 뭔지 알 수 있었습니다. DIAL.

디알. 저는 그즈음 매일 소주를 마시고 있어서 수면제를 사용하지 않았습니다만 그러나 불면증은 제가 가진 지병 같은 것이었기 때문에 수면제에 대해서는 잘 알고 있었습니다. 디알의 이 상자 하나는 확실히 치사량 이상이었습니다. 아직 상자를 뜯은 흔적은 없었습니다만 그러나 언젠가는 할 생각으로 이런 곳에 그것도 상표를 찢어서 숨겨놓고 있는 게 틀림없습니다. 불쌍하게 여자는 상표 글자를 읽을 수 없으므로 손톱으로 절반 찢어놓고 이 정도면 괜찮다고 생각했나 봅니다(너는 죄가 없다).

저는 소리를 내지 않고 몰래 컵에 물을 가득 담은 후 천천히 상자를 뜯고 약을 전부 한꺼번에 입에 넣은 후 컵의 물을 천천히 마셨습니다. 전기를 끄고 그대로 잤습니다.

삼일 낮밤, 저는 죽은 것 같았다고 합니다. 의사는 과실이라고 보고 경찰에게 알리는 것을 유예해주었다고 합니다. 각성할 때 가장 먼저 토해낸 신음소리는 집에 돌아가겠다는 말이었다고 합니다. 어느 집을 말하는 것인지 저도 잘 몰랐습니다만 어쨌든 그렇게 말하고 엄청 울었다고 합니다.

점차 안개가 걷히고 나서 보니 베갯머리에 넙치가 엄청 불쾌한 표정을 지으며 앉아 있었습니다.

"이전에도 연말이었죠. 눈이 돌아갈 정도로 바쁜데 늘 연말을 노려서 이런 짓을 벌일 때마다 제 생명이 팍팍 줄어듭니다요."

넙치의 말을 교바시의 마담이 듣고 있었습니다.

"마담."

제가 불렀습니다.

"응, 왜? 정신 들었어?"

마담은 웃으며 제 얼굴 바로 위로 얼굴을 대고 말했습니다.

저는 눈물을 뚝뚝 흘렸습니다.

"요시코와 헤어질래."

저도 생각지 못한 말이 나왔습니다.

마담은 몸을 일으켜 조용히 한숨을 쉬었습니다.

그리고 저는 실로 생각지 못한 해학으로도 바보스러움으로도 형용하기 어려울 정도의 실언하고 말았습니다.

"나는 여자가 없는 곳에 갈 거야."

와하하하하, 하고 넙치가 큰소리로 웃고 마담도 쿡쿡거리며 웃고 저도 눈물을 흘리며 얼굴을 붉히며 쓴웃음을 지었습니다.

"그래. 그게 좋겠네."

넙치는 계속해서 킬킬거리며 웃으며 말했습니다.

"여자가 없는 곳에 가는 게 좋습니다. 여자가 있으면 잘 안 풀립니다. 여자가 없는 곳이라니 좋은 생각입니다."

여자가 없는 곳. 내 바보 같은 헛소리는 나중에 상당히 암울한 상태로 실현되어버렸습니다.

요시코는 제가 자기 대신 독을 마셨다고 착각하고 있는

듯, 이전보다도 더 저를 볼 때마다 벌벌 떨고 제가 무슨 말을 해도 웃지 않고 그리고 제대로 말도 안 하게 되었으므로 저도 아파트 집에 있으면 우울해서 밖으로 돌기만 하고 변함없이 싸구려 술을 퍼마셨습니다. 그러나 그 디알 사건이 있은 후 제 몸은 엄청 마르고 손발이 저리고 만화 일도 게을리하게 되고 넙치가 병문안 때 와서 두고 간 돈(넙치는 그것을 시부다의 마음입니다, 라고 마치 자신이 내는 돈인 양했지만 고향의 형들이 부친 돈이었다고 합니다. 그즈음의 저는 넙치 집에서 나왔던 때와 달리 넙치의 그런 어쭙잖은 연기를 어렴풋이나마 눈치챌 수 있게 되었기 때문에 이쪽도 능글맞게 전혀 모르는 척하고 신묘하게 돈에 대한 사례를 넙치를 향해서 했지만 그러나 넙치가 왜 그런 복잡한 짓을 하는지 알 것 같은, 모를 것 같은, 아무래도 저는 이상한 기분이 들었습니다), 그 돈으로 큰맘 먹고 미나미이즈 온천에 가기로 했습니다만 그렇게 느긋하게 온천 여행을 할 만한 형편은 아니고 요시코를 생각하면 울적하기만 해서 숙소의 방에서 경치를 감상할 수 있는 상태도 아니라 잠옷으로 갈아입지도 않고 온천에도 안 들어가고 밖으로 나가서는 꾀죄죄한 찻집 비슷한 곳에 들어가 무작정 소주를 들이켜고, 그거야말로 양동이 째로 뒤집어쓰듯 마시는 바람에 몸 상태가 한층 더 나빠져서 돌아왔을 뿐이었습니다.

도쿄에 큰 눈이 내린 저녁이었습니다. 저는 취해서 긴자

뒷골목을 걸으며 여기서 고향까지 몇 백 리, 여기는 고향까지 몇 백 리, 하고 작은 목소리로 한탄하듯 반복해서 노래하며 쌓이는 눈을 신발로 걷어차면서 걷다가 갑자기 토했습니다. 최초의 토혈이었습니다. 눈 위에 큰 일장기가 생겼습니다. 저는 잠시 쭈그리고 앉아서 더럽혀지지 않은 곳의 눈을 양손으로 떠서 얼굴을 씻으며 울었습니다.

　여어기는 어어디의 좁은 길이냐?
　여어기는 어어디의 좁은 길이냐?

　애절한 계집아이의 노랫소리가 환청처럼 멀리서 희미하게 들렸습니다. 불행. 이 세상에는 불행한 사람들이 다양하다. 아니 불행한 사람투성이라고 해도 과언이 아니겠지만 그러나 그 사람들의 불행은 이른바 세상에 대해서 당당하게 항의할 수 있고 '세간'도 그 사람들의 항의를 쉽게 이해하고 동정합니다. 그러나 제 불행은 모두 제 죄악에서 생겨난 것이어서 그 누구에게도 항의할 수 없고, 또 더듬거리며 한마디라도 항의하면 넙치만이 아니라 세상 사람들 모두 잘도 그런 말을 한다고 어처구니없어 할 것이고, 저는 도대체 일반적으로 말하는 '제멋대로'인지 또는 그 반대로 기가 너무 약한 것인지 저도 이유는 모르지만 어쨌든 죄악의 덩어리라서 끝까지 점점 불행해지기만 할 뿐 이를 막을 구체

적인 방도가 없습니다.

저는 일어서서 일단 적당한 약을 구해야겠다고 생각하고 근처 약국으로 들어갔는데 약국집 아줌마의 얼굴을 보는 순간 아줌마는 플래시를 받은 듯 고개를 들더니 놀라서 눈을 크게 뜨고 우뚝 섰습니다. 그러나 그 놀란 눈에는 경악하는 기색도 혐오하는 기색도 없었으며 구원을 갈구하는 듯한, 그리워하는 듯한 빛이 역력했습니다. 아~, 이 사람도 틀림없이 불행하다. 불행한 사람은 남의 불행에 민감하니까 라고 생각한 순간 갑자기, 약국집 아줌마가 목발을 짚고 불안하게 서 있다는 사실을 알아차렸습니다. 옆으로 달려가고 싶은 마음을 억누르고 그 부인과 얼굴을 마주하고 있는데 눈물이 나왔습니다. 그러자 부인의 큰 눈에서도 눈물이 뚝뚝 넘쳐흘렀습니다.

저는 한마디도 하지 않고 약국에서 나와서 비틀거리며 아파트로 돌아와 요시코에게 소금물을 달라고 해서 마시고 아무 말도 하지 않고 누웠습니다. 다음 날도 감기 기운이 있다고 거짓말하고 하루 종일 누워 있다가 저녁에 제 비밀인 토혈이 아무래도 불안해서 일어나 약국으로 가서 이번에는 웃으면서 부인에게 솔직하게 지금까지의 몸 상태를 고백하고 상담했습니다.

"술을 끊어야 해요."

우리들은 가족 같았습니다.

"이미 알코올 중독인지도 모르겠습니다. 지금도 마시고 싶습니다."

"안 돼요. 제 남편도 결핵이면서 술로 균을 죽인다며 술만 마시다가 일찍 죽었어요."

"불안해서 안 되겠습니다. 무서워서, 도저히, 안 되겠습니다."

"약 드릴게요. 술만은 제발 드시지 마세요."

아줌마(미망인으로 아들 한 명 있었습니다. 아들은 지바인가 어딘가의 의대에 들어갔지만 곧 아버지와 같은 병에 걸려 휴학하고 입원 중이고, 집에는 중풍에 걸린 시아버지가 몸져누워 있는 아줌마는 다섯 살 때 소아마비에 걸려 한쪽 발을 전혀 못 쓰는 상태였습니다)는 목발을 탁탁 짚으면서 저를 위해 저쪽 선반, 이쪽 서랍에서 다양한 약을 꺼내주었습니다.

이것은 조혈제.

이것은 비타민 주사액. 주사기는 이거.

이것은 칼슘 정제. 위장 다치지 말라고 소화제.

이것은 뭐, 이것은 뭐, 라고 대여섯 종류의 약에 대해 애정을 담아서 설명해주었습니다만 불행한 아줌마의 애정도 제게는 너무 과했습니다. 마지막으로 이것은 술이 너무 마시고 싶어서 참을 수 없게 되었을 때의 약이라며 재빨리 종이에 싼 작은 상자.

모르핀 주사약이었습니다.

술보다도 해가 되지 않는다고 아줌마도 말하고 저도 그렇게 믿었고 술에 취하는 게 불결하다고 느끼고 있던 차여서 오랜만에 알코올이라는 사탄으로부터 도망칠 수 있다는 기쁨에 조금도 주저하지 않고 저는 제 팔에 그 모르핀 주사를 놓았습니다. 불안함도, 주저함도, 부끄러움도, 아름다움도 제거되었으며 상당히 명랑한 달변가가 되었습니다. 그리고 그 주사를 맞으니 몸이 쇠약하다는 사실도 잊고 만화를 정력적으로 그리고 스스로 그리면서 웃을 정도로 진묘한 취향이 생겼습니다.

하루에 하나만 맞을 생각이었는데, 두 개가 되고, 네 개가 되었을 때 저는 이제 그것이 없으면 일을 할 수 없는 지경에 이르렀습니다.

"안 돼요. 중독이 되면 진짜 큰일 나요."

약국집 아줌마에게 그런 말을 들으니 제가 꽤 중독 환자가 되어버린 것 같은 생각이 들어(저는 암시에 실로 쉽게 걸립니다. 이 돈은 쓰면 안 된다고 해도 네 거잖아, 라는 말을 들으면 왠지 안 쓰면 안 될 것 같은, 안 쓰면 기대를 저버리게 되는 듯한 이상한 착각을 하게 되어 반드시 그 돈을 써버립니다) 그 중독 불안 때문에 일부러 약품을 많이 사게 되었습니다.

"부탁합니다! 한 상자만 더. 돈은 월말에 꼭 갚겠습니다."

"돈 따위는 언제라도 상관없지만 경찰이 알면 시끄러워져요."

아~, 언제나 제 주변에는 뭔가 탁하고 어둡고 수상쩍고 떳떳하지 못한 자의 기운이 감돌고 있습니다.

"어떻게든 안 될까요. 부탁합니다. 키스해줄게요."

아줌마의 얼굴이 붉어졌습니다.

저는 그 순간을 놓치지 않았습니다.

"약이 없으면 일을 할 수 없습니다. 제게는 그게 강장제입니다."

"그럼, 차라리 호르몬 주사가 더 낫지 않을까요?"

"누굴 바보로 아십니까? 술 아니면 그 약, 둘 중 하나가 아니면 일을 못합니다."

"술은, 안 돼요."

"그렇죠? 저는 말입니다, 그 약을 사용하고 나서 술을 한 방울도 안 마셨습니다. 덕분에 몸 상태가 아주 좋습니다. 저도 언제까지나 개차반 같은 만화만 그리고 있을 수는 없지 않습니까. 이제 술을 끊고 건강도 되찾고 공부도 해서 꼭 위대한 화가가 될 겁니다. 지금이 중요한 시기입니다. 그러니까, 제발, 부탁합니다. 키스해줄까요?"

아줌마는 웃으며, "곤란하네요. 중독되어도 나 몰라요" 하고 말했습니다.

그러고는 탁탁 목발 소리를 내며 그 약품을 선반에서 꺼내주었습니다.

"한 상자는 다 못 줘요. 바로 다 써버리니까요. 절반만 드릴게요."

"너무하십니다. 뭐, 어쩔 수 없죠."

집으로 돌아와서 바로 하나를 꺼내 주사를 놓았습니다.

"안 아파요?"

요시코는 쭈뼛쭈뼛거리며 제게 말을 걸었습니다.

"당연히 아프지. 하지만 일의 능률을 높이기 위해서는 싫어도 이걸 해야 해. 나 요즘 보기 좋지 않아? 자, 일하자. 일."

저는 우쭐거리며 큰소리쳤습니다.

심야에 약국 문을 두드린 적도 있었습니다. 잠옷 차림으로 소리를 내며 목발을 짚고 나온 부인을 갑자기 끌어안고 키스하며 우는 연기를 한 적도 있었습니다.

부인은 아무 말 않고 제게 한 상자를 건넸습니다.

약품도 또 소주와 마찬가지, 아니 그 이상으로 불길하고 불결한 것이라고, 그런 생각이 조금씩 들기 시작했을 때는 이미 저는 완전히 중독자가 되어 있었습니다. 수치심을 모르는 정도가 극에 달했습니다. 저는 그 약품을 얻기 위해서 또 춘화 모사를 그리기 시작했고, 그리고 그 약국집 불구 아줌마와 말 그대로 추악한 관계까지 가졌습니다.

죽고 싶다. 더욱, 죽고 싶다. 더 이상 되돌릴 수가 없다. 무슨 일을 해도, 뭘 해도, 안 되기만 한다. 수치스러운 짓을 거듭하게 되기만 한다. 자전거로 아오바의 폭포에 가는 건 이제 내가 바라서는 안 될 것이 되어버렸다. 하지만 추잡스러운 죄에 한심스러운 죄가 겹쳐져 고뇌는 커지고 강렬해질 뿐이다. 죽고 싶다. 죽어야 한다. 살아 있는 것이 죄의 씨앗이다. 그렇게 외곬으로 생각하며, 역시, 아파트와 약국 사이를 반쯤 정신이 나간 듯 왕복했습니다.

아무리 일을 해도 약 사용량도 따라서 늘어나므로 밀린 약값은 엄청나게 늘어났고, 부인은 제 얼굴을 볼 때마다 눈물을 흘리고 저도 눈물을 흘렸습니다.

지옥.

이 지옥에서 벗어나기 위한 최후의 수단, 이것이 실패하면 이젠 목을 매는 수밖에 없다고 신의 존재에게 맹세하고, 저는 고향의 아버지에게 긴 편지를 쓰고, 제 사정을 전부(여자의 일은 아무리 그래도 쓸 수 없었습니다만) 고백하기로 했습니다.

그러나 결과는 더 나빠져, 아무리 기다려도 답장도 없고, 저는 그 초조함과 불안감에 휩싸여 도리어 약의 양이 늘어나버렸습니다.

오늘 밤, 열 개, 한꺼번에 주사를 놓고 그리고 큰 강에 뛰어들자고, 몰래 각오한 그날 오후, 넙치가 악마의 육감으로 냄새를 맡았는지 호리키를 데리고 나타났습니다.

"너, 토혈했다고?"

호리키는 제 앞에서 양반다리를 하고 앉아서 그렇게 말하고 지금까지 본 적이 없을 정도로 다정한 미소를 지었습니다. 그 다정한 미소가, 고마워서, 기뻐서, 저는 그만 얼굴을 돌리고 눈물을 흘렸습니다. 그리고 그의 다정한 미소 하나로 저는 완전히 부서지고 매장되어 버리고 말았습니다.

저는 자동차에 태워졌습니다. 어쨌든 입원해야 한다. 그 뒤는 자신들에게 맡겨라. 넙치도 차분한 어조로(그것은 참으로 자비롭다고 표현하고 싶을 정도로 조용한 어조였습니다) 제게 권하고 저는 의지도 판단도 아무것도 없는 자처럼 그저 꺽꺽 울면서 두 사람의 말에 무조건 따랐습니다. 요시코까지 네 명, 우리들은 꽤 오랫동안 자동차를 타고 주변이 어두컴컴해졌을 무렵 숲 속 큰 병원의 현관에 도착했습니다.

새너토리엄* 정도라고 생각했습니다.

저는 젊은 의사의 묘하게 온화하고 정중한 진찰을 받았습니다. 그러고 나서 의사는 "잠시 여기서 정양하시는 겁니다"라고 마치 수줍어하듯 미소를 지으며 말했고 넙치와 호리키와 요시코는 저 혼자 두고 돌아가게 되었습니다만, 요시코는 갈아입을 옷을 넣어둔 보자기를 제게 건네고서는 아무 말 않고 오비 사이에서 주사기와 쓰다 남은 그 약품을 꺼내서 제게 주었습니다. 역시 강장제라고만 생각하고 있었나 봅니다.

"아냐, 이젠 필요 없어."

---

* Sanatorium, 결핵요양소.

실로 드문 일이었습니다. 권하는 것을 거부한 것은 그때까지 제 인생에서 그때 단 한 번이라고 해도 과언이 아닙니다. 제 불행은 거부 능력이 없는 자의 불행이었습니다. 권하는 것을 거부하면 상대의 마음에도 제 마음에도 영원히 흥이 깨지는 수선 불가능의 균열이 생길 것 같은 공포에 떨고 있었습니다. 하지만 저는 그때 반미치광이가 될 정도로 원하던 모르핀을 자연스럽게 거부했습니다. 요시코의 이른바 '신과 같은 무지'에 격침된 것일까요? 저는 그 순간 이미 중독이 아니게 되어버린 것일까요?

하지만 저는 그때부터 바로 그 수줍은 미소를 띠는 젊은 의사의 안내로 한 병동에 수용되었고 철컹 하고 열쇠가 채워졌습니다. 정신병원이었습니다.

여자가 없는 곳으로 가고 싶다던, 그 디알을 마셨을 때의 자신의 어리석은 헛소리가 기묘한 형태로 실현되어 버렸습니다. 그 병동에는 남자 미치광이만 있었고 간호사도 남자였고 여자라고는 한 명도 없었습니다.

지금은 이제 저는 죄인 정도가 아니라 미치광이입니다. 아니요, 저는 결코 미치지 않았습니다. 한순간도 미친 적이 없었습니다. 하지만, 아~, 미치광이는, 대부분 자기 자신에 대해 그렇게 말한다고 합니다. 즉 이 병원에 넣어진 자는 미치광이, 넣어지지 않은 자는 정상이라는 말입니다.

신에게 묻는다. 무저항은 죄인가?

호리키의 그 불가사의하게 아름다운 미소에 저는 울고, 판단도 저항도 잊고 자동차를 타고 그리고 이곳에 끌려와서 미치광이가 되었습니다. 곧 여기서 나가도, 저는 역시 미치광이, 아니 폐인이라는 각인이 이마에 찍히게 되겠지요.

인간, 실격.

이제, 저는, 완전히, 인간이 아닙니다.

여기에 온 것은 초여름 즈음으로 창문의 철제 창살 사이를 통해 병원 정원의 작은 연못에 빨간 수련 꽃이 피어 있는 것이 보였습니다만, 그로부터 3개월이 지나 정원에 코스모스가 피기 시작할 무렵 뜻밖에도 고향의 큰형이 넙치를 데리고 저를 찾아왔습니다. 아버지가 지난달 말에 위궤양으로 돌아가셨다며 "우리들은 이제 너의 과거를 묻지 않고 생활에 대한 걱정도 하지 않게 할 생각이다. 아무것도 하지 않아도 된다. 그 대신 미련도 많겠지만 바로 도쿄에서 벗어나서 시골에서 요양생활을 시작해라. 네가 도쿄에서 한 짓의 뒤처리는 대부분 시부다가 해주었다니까 그건 신경 쓰지 않아도 된다"고 예의 성실하고 긴장한 듯한 말투로 말했습니다.

고향의 산하가 눈앞에 보이는 듯해서 저는 희미하게 고개를 끄덕였습니다.

그야말로 폐인.

아버지가 돌아가신 것을 알고 나서 저는 더욱더 무기력

해졌습니다. 아버지가, 이제 안 계신다. 제 마음속에서 한 시도 떠나지 않았던 그 그립고 두려운 존재가 더 이상 존재 하지 않는다. 제 고뇌의 항아리가 텅 빈 것 같았습니다. 제 고뇌의 항아리가 더 무거웠던 것도, 그 아버지 때문이 아니었을까 하는 생각조차 들었습니다. 의욕이 다 빠져나가 버렸습니다. 기력조차 잃어버렸습니다.

큰형은 제게 한 약속을 정확하게 실행해주었습니다. 제가 태어나서 자란 곳에서 기차로 네다섯 시간 남쪽으로 내려간 곳에 도호쿠 지방에는 드문 따뜻한 해변의 온천 지역이 있는데, 그 마을 변두리에 방이 다섯 개나 됩니다만 꽤 낡아서 벽은 벗겨져 떨어지고 기둥은 벌레를 먹어 거의 수리도 못할 정도의 초가집을 사서 제게 주었고, 육십 가까이 되는 시뻘건 머리털의 못생긴 하녀를 한 명 붙여줬습니다.

그로부터 3년하고 좀 더 지났을 무렵, 저는 그 사이에 그 데쓰라는 늙은 여자 하인에게 몇 번이고 이상한 식으로 겁탈을 당했고, 가끔은 부부 싸움 같은 것도 했고, 가슴 병은 좋았다 나빠졌다 살이 빠지기도 하고 다시 찌기도 하고, 혈담이 나오기도 하고 그랬습니다. 어제 데쓰에게 칼모틴을 사 오라고 마을 약국에 심부름을 시켰더니 늘 사용하는 상자와 다른 상자에 든 칼모틴을 사왔습니다. 저는 딱히 신경 쓰지 않고 자기 전에 열 알을 먹었는데도 전혀 잠들 수 없어서 이상하다고 생각하던 중에 배 상태가 이상해지더니 급

기야 변소로 뛰어가 설사를 한 뒤에도 잇달아 세 번이나 변소를 더 갔습니다. 너무 이상해서 약 상자를 찬찬히 보니 그 것은 헤노모틴이라는 설사약이었습니다.

저는 누워서 배에 따뜻한 물이 담긴 주머니를 올려놓고 데쓰에게 잔소리를 하자고 생각했습니다.

"이건, 칼모틴이 아니잖아. 헤노모틴이라고."

이렇게 말하고 후후후, 하고 웃고 말았습니다. '폐인'은, 아무래도 이것은, 희극 명사인 것 같습니다. 자려고 설사약을 먹고 게다가 그 설사약 이름은 헤노모틴.

지금 제게는 행복도 불행도 없습니다.

단지 모든 것은 지나갑니다.

제가 지금까지 아비규환으로 살아온 이른바 '인간' 세계에서 단 하나 진리처럼 생각된 것은, 그것뿐이었습니다.

다만 모든 것은 지나갑니다.

저는 올해 스물일곱이 됩니다. 백발이 눈에 띄게 늘어서 대부분의 사람들은 저를 마흔 이상으로 봅니다.

후기

이 수기를 쓴 미치광이를 나는 직접 알지 못한다. 하지만 이 수기에 나오는 교바시의 스탠드바 마담과 면식이 있는 인물을 나는 알고 있다. 몸집이 작고 얼굴빛이 좋지 않으며 눈은 가늘게 위로 찢어지고 코가 높고 미인이라고 하기보다는 잘생긴 청년이라고 하는 편이 좋을 정도로 딱딱한 느낌의 사람이었다.

이 수기는 아무래도 1930년 31년, 32년 그즈음의 도쿄 풍경이 주로 묘사되어 있는 것 같다. 내가 그 교바시의 스탠드바에 친구에게 이끌려 두세 번 들러서 하이볼 등을 마신 것은 일본의 '군부'가 슬슬 노골적으로 날뛰기 시작한 1935년 전후의 일이었기 때문에 이 수기를 쓴 남자를 만날 수 없었다.

그런데 올해 2월 나는 지바 현 후나바시 시로 피난 가 있는 한 친구를 방문했다. 그 친구는 내 대학 시절의 동창생으로 지금은 모 여자대학에서 강사를 하고 있다. 실은 이 친구에게 내 가족의 혼담을 부탁해둔 게 있어서 그 건도 있고 겸사겸사 신선한 해산물이라도 사서 집 식구들을 먹이려고 배낭을 메고 후나바시 시로 갔다.

후나바시 시는 흙탕물로 누레진 바다에 면해 있는 꽤 큰 도시였다. 그 지역 사람에게 새로 이사 온 주민인 친구네 집을 주소를 보여주며 물어도 잘 몰랐다. 추운 데다가 배낭까지 멘 어깨가 아팠던 나는 레코드 음악 소리에 끌려 한 찻집의 문을 밀고 들어갔다.

그곳의 마담 얼굴이 눈에 익어 물어보니 10년 전 그 교바 시의 작은 바를 운영하던 마담이었다. 마담도 나를 바로 기억해줘서 서로 너무 놀라서 웃었으며, 이 시기의 늘 하는 인사인, 예의, 공습으로 피해를 입은 서로의 경험을 묻지도 않았는데 서로 자랑하듯 앞다투어 말했다.

"마담은 근데 안 변했어."

"에이, 무슨 말을. 이제 할머니지. 몸이 말을 안 들어. 손님은 아직 젊네."

"아니야. 애가 셋이나 있어. 오늘은 그 녀석들 먹이려고 장 보러 왔어."

이렇게 오랜만에 만난 사람들끼리 정해진 인사를 교환하

고 나서 둘의 공통 지인의 소식을 묻기도 하고 그러다가 갑자기 마담은 정색을 하며 혹시 요짱을 아느냐고 말했다. 모른다고 하자 마담은 안쪽에서 세 권의 노트와 세 장의 사진을 가지고 와서 내게 건넸다.

"뭔가 소설 소재가 될지도 모르니까."

나는 남이 권하는 재료로 글을 쓰지 않기 때문에 바로 그곳에서 돌려주려고 생각했지만(세 장의 사진, 그 기괴함에 대해서는 서문에서도 썼다) 그 사진에 끌려 일단 노트를 가지고 가기로 했다. 찻집을 나설 때는 여기로 가려고 하는데 무슨 동 몇 번지의 이름이 무엇이고, 여자대학에서 선생질을 하고 있는 집을 아는지 물었더니 역시 새로 이사 온 주민끼리는 알고 있었다. 가끔 이 찻집에도 온다고 했다. 바로 근처였다.

그날 저녁, 친구와 술을 몇 잔 하고 그곳에서 묵었다. 그러나 나는 아침까지 한숨도 못 자고 마담에게 받은 노트를 읽었다.

그 수기에 적힌 것은 옛날 이야기였지만 그러나 요즘 사람들이 읽어도 꽤 흥미를 가질 만했다. 어설프게 내가 추가하기보다는 이대로 어딘가의 잡지사에 부탁해서 발표하는 것이 더욱 의미 있는 일이라는 생각이 들었다.

아이들을 먹일 해산물은 말린 생선뿐이다. 나는 배낭을 메고 친구네 집을 나와서 다시 그 찻집에 들렀다.

"마담, 어제는 고마웠어. 그런데……"

나는 바로 본론을 꺼냈다.

"그 노트를 잠시 빌려줄 수 있나?"

"그럼, 되고말고."

"이 사람은 아직 살아 있나?"

"글쎄, 잘 몰라. 10년 정도 전에 교바시의 가게로 그 노트와 사진이 든 소포가 왔어. 보낸 사람은 요짱이 맞지 않을까? 소포에는 요짱의 주소도, 이름도 안 적혀 있었지만 말이야. 공습 때 다른 거랑 섞여 있었는데, 신기하게도 그것만 무사하더라고, 나는 얼마 전에 처음으로, 전부 읽어보고……."

"울었습니까?"

"아니. 울었다기보다…… 끝이지. 인간도 그 지경까지 가면, 더 이상 가망 없지."

"그리고 10년이나 지났으니 죽었을지도 모르겠네. 이건 마담에 대한 감사의 마음으로 보낸 거네. 좀 과장된 부분도 있지만. 하지만 마담도 꽤 피해를 입은 것 같아, 만약 이게 전부 사실이라면. 그리고 내가 이 사람의 친구였다면 역시 정신병원으로 데려가고 싶었을지도 몰라."

"걔 아버지가 나빠."

마담이 무덤덤하게 말했다.

"우리들이 알고 있는 요짱은, 너무나 순수하고, 재치가

있고, 술만 안 마셨더라면, 아니야, 마셔도…… 신을 닮은
선한 애였어."

작가의 정신적 자전 소설

『인간 실격』은 일본의 소설가 다자이 오사무(太宰治)의 대표작이다. 1948년 3월에 집필을 시작해 5월 12일에 본 작품을 탈고한 뒤 한 달 후인 6월 13일에 다자이 오사무는 불륜 관계에 있던 야마자키 토모에(山崎富榮)와 다마가와조수이(玉川上水) 강에 투신하여 스스로 목숨을 끊었다. 중편소설로 1948년에 잡지 『덴보(展望)』에 연재하였으며, 저자가 사망한 다음 달 25일에 지쿠마쇼보(筑摩書房)에서 단편「굿바이(グッド・バイ)」와 함께 출판되었다.

　『인간 실격』은 타인 앞에서는 익살을 떨지만 자신의 진정한 모습을 드러낼 수 없는 남자 '오바 요조'의 유년기에서부터 청년기까지를 주인공 시점에서 수기 형식으로 쓴 소설로, 인간 존재의 본질에 대해 묻는 걸작으로 평가를 받

고 있다. 주인공 이름인 오바 요조는 다자이 오사무의 초기 소설인『어릿광대의 꽃(道化の華)』에도 등장하고 있다.

사실 다자이 오사무는『인간 실격』이후에「굿바이」를 집필하고 있었지만 미완성으로, 완결 작품은 본 작품이 마지막이다. 이 작품은 연재 최종회의 게재 직전인 6월 13일 심야에 다자이 오사무가 자살했기 때문에 '유서' 같은 소설이라고 알려져 왔었다. 또한 픽션이지만 주인공의 과거가 다자이 오자무 자신의 인생을 반영한 것이 아닌가 하는 부분이 있어 자전적 소설이라는 설도 있다. 그러나 저자의 죽음으로 진위 여부는 영원히 비밀에 싸인 채 다양한 추측만 난무하고 있다.

본 작품은 다자이 오사무가 수정하거나 고심하며 쓴 소설이 아니라 단번에 써내려간 것이라는 말이 있었지만, 1998년 5월 23일에 유족들이 초고를 발견하면서 이 정설은 뒤집어졌다. 이때 발견된 초고는 200자 원고지 157매 정도로 단어 하나하나가 몇 번에 걸쳐 수정되어 있었으며, 내용을 여러 번 다듬는 등 창작을 위해 노력한 흔적이 곳곳에 남아 있었다. 영어 번역은 도널드 킨(Donald Keene)의 번역으로『No Longer Human』이 유명하다. 해외에서는 본 작품을 소년에 대한 여성의 성적 학대를 표현한 것으로 알려져 있어 일본에서의 관점과는 다른 시각을 보여주고 있다.

이 작품『인간 실격』을 읽다 보면 '신'에 대한 언급이 나온다. 저자 다자이 오사무에게 '신'이란 어떤 존재였을까. 다자이 오사무는 성경을 상당히 열심히 읽었다고 알려져 있다. 일반적으로 성경은 '복음'으로 이해되고 있지만, 다자이 오사무에게는 인생의 '율법'과 같은 것이었다고 한다. 그래서 율법대로 살지 못하는 자신의 나약함과 못남을 괴로워했으며, 그러한 고뇌가 그의 여러 작품에 자주 등장한다. 물론 소설『인간 실격』에도 드러난다.

"아빠. 기도하면 하느님이 뭐든지 들어준다는데, 진짜야?"
저야말로 그 기도를 하고 싶다고 생각했습니다.
아~, 제게 냉정한 의지를 주소서. 제게 '인간'의 본질을 알게 하소서. 사람이 사람을 밀어내도 죄가 되지 않게 하소서. 제게 분노의 마스크를 주소서.
"그러~엄. 시게짱 기도라면 뭐든지 들어주실 거야. 하지만 아빠 기도는 안 들어줄 거야."
저는 신조차 두려웠습니다. 신의 사랑은 믿지 않고 오로지 신의 벌만 믿고 있었습니다. 신앙. 그것은 단지 신에게 채찍질을 당하기 위해 신음소리를 내며 심판대로 향하는 것입니다. 지옥은 믿어도 천국의 존재는 도대체 믿을 수가 없었습니다.

다자이 오사무는 자신을 책망하는 '신'은 알고 있었지만 자신을 허용하는 '신'은 찾지 못했다. 그는 늘 '나=신, 세상=악'으로 생각하고 있었으며 이는 '나=죄, 신=사랑'이라는 기독교적 세계관과는 정반대로, 이를 통해 그가 세상에 대해 '기본적 신뢰감'조차 가지고 있지 않았다는 점도 알 수 있다. 특히 소설의 마지막 부분에서는 기독교적 신의 관념을 포기했다는 점이 엿보인다.

"걔 아버지가 나빠."
마담이 무덤덤하게 말했다.
"우리들이 알고 있는 요짱은, 너무나 순수하고, 재치가 있고, 술만 안 마셨더라면, 아니야, 마셔도…… 신을 닮은 선한 애였어."

『인간 실격』의 초고를 보면 '신'이 아니라 '천사'로 되어 있다. 천사는 기독교적 세계관이 전제된 말이다. 최종적으로 이를 버리고 '신'이라는 종교적 색채가 없는 단어를 선택함으로써 기독교적 색채를 지웠다. 그리고 "걔 아버지가 나빠"는 초고에서 "걔 아버지가 다 나빠"라고 되어 있었다. '다'라는 말을 넣으면 '아버지로 인한 아들의 비극'으로 이야기가 환원되어 버린다는 점을 고려해 삭제한 것으로 추정된다.

말년의 다자이 오사무의 인터뷰를 보면 "나는 지금 프랑스에서 일어난 실존주의에 가깝다" "문학가가 추구해야 할 바는 바로 성인이다"는 언급이 나온다. 이 말에서 만년의 다자이 오사무는 기독교를 대신할 종교적 세계관을 모색하고 있었다는 점을 알 수 있다.

다자이 오사무 탄생 100주년이 되는 해인 2009년에는 영화, 애니메이션, 드라마 등이 제작되었으며, 본 작품을 테마로 한 만화도 큰 인기를 얻었다. 그 외에 음악으로도 발표되었다. 『인간 실격』은 단행본 판매 부수가 약 670만 부를 돌파하는 등 반세기가 지난 지금도 많은 사람들에게 사랑받고 있다. 참고로 일본 역대 단행본 판매부수 1위는 나쓰메 소세키의 『마음(こころ)』이다(초판~2016년 3월까지 누적 판매부수).

1909 6월 19일 아오모리 현 기타쓰가루 군 가나기 마을의
     대지주인 쓰시마 가문에서 여섯째 아들로 태어나다.
     본명은 쓰시마 슈지(津島修治)이다.

1916 가나기 제1진상소학교에 입학하다.

1922 가나기 제1진상소학교를 수석으로 졸업하다.

1927 관립 히로마에고등학교에 입학하다.

1929 프롤레타리아 문학의 영향으로 동인 잡지 『세포문
     예(細胞文芸)』를 창간하여 단편 소설 「무한나락(無
     限奈落)」을 발표하다.

1930 도쿄제국대학 문학부 불문과에 입학하다. 소설가가
     되기 위해 5월부터 이부세 마스지(井伏鱒二)의 제자
     로 들어가다. 그 무렵부터 본명을 버리고 '다자이 오

사무'라는 이름을 쓰다. 11월에 카마쿠라(鎌倉)의 코시고에(腰越)에서 여성과 칼모틴 음독, 여자는 죽고 자신만 살아남아 자살방조죄의 혐의를 받았으나 기소유예처분을 받다.

1933 단편 「기차」를 발표하다.

1935 잡지 『문예』에 단편 「역행(逆行)」을 발표하다. 이 작품으로 아쿠타가와 상 후보에 오르다.

1936 첫 번째 단편집 『만년(晩年)』을 출간하여 작가로 인정을 받다. 2월 마약 중독 치료를 위해 강제로 정신병원에 수용되다.

1937 단편 「허구의 봄(虛構の春)」 「20세기 기수(二十世紀旗手)」를 발표하다.

1938 스승 이부세의 중매로 고후 시(甲府市) 출신의 이시하라 미치코(石原美知子)와 11월에 결혼하다.

1940 단편 「달려라 메로스(走れメロス)」를 발표하다.

1943 단편 「후지산 백경(富嶽百景)」을 발표하다.

1945 단편 「옛날 이야기(お伽草紙)」를 발표하다. 일본의 패전 후 사카구치 안고, 오다 사쿠노스케 등과 함께 '데카당스 문학', '무뢰파 문학'이라 불리며 인기 작가로 활약하다.

1946 단편 「친우교환(親友交歡)」을 발표하다.

1947 단편 「탕탕탕(トカトントン)」 「비용의 처(ヴィヨンの

妻), 장편소설『사양(斜陽)』을 발표하다.

1948 단편 「앵두(桜桃)」와 『인간 실격』을 발표하다. 미완의 단편 「굿바이(グッド · バイ)」를 남기고, 6월 13일 도쿄 미타카의 다마 강 수원지에 내연녀와 함께 투신, 서른아홉 살의 나이로 세상을 떠나다.

옮긴이 **이은정**

이화여자대학교를 졸업했으며, 일본어 교사 양성과정(문부성 승인)을 수료했다. 현재 번역
에이전시 엔터스코리아에서 출판기획 및 일본어 전문 번역가로 활동하고 있다. 주요
역서로는 『하루 한 번 호오포노포노』 『봄 여름 가을 겨울 이렇게 멋진 날들』 『매일매일
즐거운 일이 가득』 『서른 살, 만남에 미쳐라』 『오늘도 집에서 즐거운 하루』 『말은
필요없어』 등이 있으며, 저서로 『일본어 첫걸음』이 있다.

인간 실격

초판 1쇄 발행 2018년 1월 15일
2판 1쇄 발행 2022년 8월 25일

지은이 다자이 오사무
옮긴이 이은정
발행인 조상현
마케팅 조정빈
편집인 정지현
디자인 Design IF
펴낸곳 더디퍼런스

등록번호 제2018-000177호
주소 경기도 고양시 덕양구 큰골길 33-170
문의 02-712-7927
팩스 02-6974-1237
이메일 thedibooks@naver.com
홈페이지 www.thedifference.co.kr

ISBN 979-11-6125-364-0 03800

독자 여러분의 소중한 원고를 기다리고 있으니 많은 투고 바랍니다.
이 책은 저작권법 및 특허법에 따라 보호받는 저작물이므로 무단전재와 무단복제를 금합니다.
파본이나 잘못 만들어진 책은 구입하신 서점에서 바꾸어 드립니다.
책값은 뒤표지에 있습니다.